新潮文庫

もの思う葦

太宰 治著

新潮社版

2656

目次

III

解説　奥野健男

もの思う葦

I

もの思う葦

――当りまえのことを当りまえに語る。

はしがき

もの思う葦《あし》という題名にて、日本浪曼《ろうまん》派の機関雑誌におよそ一箇年ほどつづけて書かせてもらおうと思いたったのには、次のような理由がある。「生きて居ようと思ったから。」私は生業《なりわい》につとめなければいけないではないか。簡単な理由なんだ。

私は、この四五年のあいだ既に、ただの小説を七篇も発表している。ただとは、無銭の謂《い》いである。けれどもこの七篇はそれぞれ、私の生涯《しょうがい》の小説の見本の役目をなした。発表の当時こそ命かけての意気込みもあったのであるが、結果からしてみると、私はただ、ジャアナリズムに七篇の見本を提出したに過ぎないということになったようである。私の小説に買い手がついた。売った。売ってから考えたのである。もう、そろそろ、ただの小説を書くことはやめよう。慾がついた。「人は生涯、同一水準の作品しか書けない。」コクトオの言葉と記憶している。きょうの私もまた、この言葉を楯《たて》に執る。もう一作拝見、もう一作拝見、ちょうかしがましい市場の呼び声に私は答える。「同じことだ。――舞台を与えよ。――私はお気に入るだろう。――こいしくばたずね来てみよ。私は袋の中から七篇の見本をとりだして、もいちどお目にかけるまでのことだ。私はその七篇にぶち撒《ま》かれた私の血や汗のことは言わない。見れば判《わか》るにきまっている。すでにすでに私には選ばれる資格があるのだ。」買い手がなかったらどうしようかしら。

私には慾がついて、よろずにけち臭くなって、ただで小説を発表するのが惜しくなって来たのだけれども、もし買いに来るひとがなかったなら、そのうちに、私の名前がだんだんみんなに忘れられていって、たしかに死んだ筈《はず》だがと薄暗いおでんやなどで噂《うわさ》をされる。それでは私の生業もなにもあったものでない。いろいろ考えてからもの思う葦という題で毎月、あるいは隔月くらいに五六枚ずつ様々なことを書き綴《つづ》ってゆこうというところに落ちついたのだ。みなさんに忘れられないように私の勉強ぶりをときたま、ちらっと覗《のぞ》かせてやろうという卑猥《ひわい》な魂胆のようである。

虚栄の市

デカルトの「激情論」は名高いわりに面白くない本であるが、「崇敬とはわれに益するところあらんと願望する情の謂いである。」としてあったものだ。デカルトあながちぼんくらじゃないと思ったのだが、「羞恥《しゅうち》とはわれに益するところあらんと願望する情の謂いである。」もしくは、「軽蔑《けいべつ》とはわれに益するところあらんと云々《うんぬん》。」といった工合いに手当りしだいの感情を、われに益する云々ちょう句に塡《は》め込んでいってみても、さほど不体裁な言葉にならぬ。いっそ、「どんな感情でも、自分が可愛《かわい》いからこそ起る。」と言ってしまっても、どこやら耳あたらしい一理窟《りくつ》として通る。献身とか謙譲とか義俠《ぎきょう》とかの美徳なるものが、自分のためという慾念を、まるできんたまかなにかのようにひたがくしにかくさせてしまったので、いま出鱈目《でたらめ》に、「自分のため」と言われても、ああ慧眼《けいがん》と恐れいったりすることがないともかぎらぬような事態にたちいたるので、デカルト、べつだん卓見を述べたわけではないのである。人は弱さ、しゃれた言いかたをすれば、肩の木の葉の跡とおぼしき箇所に、射込んだふうの矢を真実と呼んでほめそやす。けれども、そんな判り切った弱さに射込むよりは、それを知っていながら、わざとその箇所をはずして射ってやって、相手に、知っているなと感づかせ、しかも自分はあくまでも、知らずにしくじったと呟《つぶや》いて、ほんとうに知らなかったような気になったりするのもまた面白くないか。虚栄の市の誇りもここにあるのだ。この市に集うもの、すべて、むさぼりくらうこと豚のごとく、さかんなること狒狒《ひひ》のごとく、凡そわれに益するところあらんと願望するの情、この市に住むものたちより強きはない。しかるにまた、献身、謙譲、義侠のふうをてらい、鳳凰《ほうおう》、極楽鳥の秀抜、華麗を装《よそお》わんとするの情、この市に住むものたちより激しきはないのである。そう言う私だとて病人づらをして、世評などは、と涼しげにいやいやをして見せながらも、内心如夜叉《にょやしゃ》、敵を論破するためには私立探偵を十円くらいでたのんで来て、その論敵の氏と育ちと学問と素行と病気と失敗とを赤裸々に洗わせ、それを参考にしてそろそろとおのれの論陣をかためて行く。因果。

「私は、はかなくもばかげたこの虚栄の市を愛する。私は生涯、この虚栄の市に住み、死ぬるまでさまざまの甲斐《かい》なき努力をしつづけて行こうと思う。」

虚栄の子のそのような想念をうつらうつらまとめてみているうちに、私は素晴らしい仲間を見つけた。アントン・ファン・ダイク。彼が二十三歳の折に描いた自画像である。アサヒグラフ所載のものであって、児島喜久雄というひとの解説がついている。

「背景は例の暗褐色。豊かな金髪をちぢらせてふさふさと額に垂らしている。伏目につつましく控えている碧《あお》い神経質な鋭い目も、官能的な桜桃色の唇も相当なものである。肌理《きめ》の細かい女のような皮膚の下から綺麗《きれい》な血の色が、薔薇色《ばらいろ》に透いて見える。黒褐色の服に雪白の襟と袖口《そでぐち》。濃い藍色《あいいろ》の絹のマントをシックに羽織っている。この画は伊太利亜《イタリア》で描いたもので、肩からかけて居る金鎖はマントワ侯の贈り物だという。」またいう、「彼の作品は常に作後の喝采《かっさい》を目標として、病弱の五体に鞭《むち》うつ彼の虚栄心の結晶であった。」そうであろう。堂々と自分のつらを、こんなにあやしいほど美しく書き装うてしかもおそらくは、ひとりの貴婦人へ頗《すこぶ》る高価に売りつけたにちがいない二十三歳の小僧の、臆面《おくめん》もなきふてぶてしさを思うと、——いたたまらぬほど憎くなる。

敗北の歌

曳《ひ》かれものの小唄という言葉がある。痩馬《やせうま》に乗せられ刑場へ曳かれて行く死刑囚が、それでも自分のおちぶれを見せまいと、いかにも気楽そうに馬上で低吟する小唄の謂いであって、ばかばかしい負け惜しみを嘲《あざわら》う言葉のようであるが、文学なんかも、そんなものじゃないのか。早いところ、身のまわりの倫理の問題から話をすすめてみる。私が言わなければ誰も言わないだろうから、私が次のようなあたりまえのことを言うても、何やら英雄の言葉のように響くかも知れないが、だいいちに私は私の老母がきらいである。生みの親であるが好きになれない。無智。これゆえにたまらない。つぎに私は、四谷怪談の伊右衛門に同情を持つ者であるということを言わなければならない。まったく、女房の髪が抜け、顔いちめん腫《は》れあがって膿《うみ》が流れ、おまけにちんば、それで朝から晩までめそめそ泣きつかれていた日には、伊右衛門でなくても、蚊帳《かや》を質にいれて遊びに出かけたくなるだろうと思う。つぎに私は、友情と金銭の相互関係について、つぎに私は師弟の挨拶《あいさつ》について、つぎに私は兵隊について、いくらでも言えるのであるが、いますぐ牢《ろう》へいれられるのはやはりいやであるからこの辺で止《よ》す。つまり私には良心がないということを言いたいのである。はじめからそんなものはなかった。鞭影《べんえい》への恐怖、言いかえれば世の中から爪弾《つまはじ》きされはせぬかという懸念《けねん》、牢屋への憎悪、そんなものを人は良心の呵責《かしやく》と呼んで落ちついているようである。自己保存の本能なら、馬車馬にも番犬にもある。けれども、こんな日常倫理のうえの判り切った出鱈目を、知らぬ顔して踏襲して行くのが、また世の中のなつかしいところ、血気にはやってばかな真似をするなよ、と同宿のサラリイマンが私をいさめた。いや、と私は気を取り直して心のなかで呟《つぶや》く。ぼくは新しい倫理を樹立するのだ。美と叡智《えいち》とを規準にした新しい倫理を創《つく》るのだ。美しいもの、怜悧《れいり》なるものは、すべて正しい。醜と愚鈍とは死刑である。そうして立ちあがったところで、さて、私には何が出来た。殺人、放火、強姦《ごうかん》、身をふるわせてそれらへあこがれても、何ひとつできなかった。立ちあがって、尻餅ついた。サラリイマンは、また現われて、諦念《ていねん》と怠惰のよさを説く。姉は、母の心配を思え、と愚劣きわまる手紙を寄こす。そろそろと私の狂乱がはじまる。なんでもよい、人のやるなと言うことを計算なく行う。きりきり舞って舞って舞い狂って、はては自殺と入院である。そうして、私の「小唄」もこの直後からはじまるようである。曳かれるもの、身は瘦馬にゆだねて、のんきに鼻歌を歌う。「私は神の継子《ままこ》。ものごとを未解決のままで神の裁断にまかせることを嫌う。なにもかも自分で割り切ってしまいたい。神は何ひとつ私に手伝わなかった。私は霊感を信じない。知性の職人。懐疑の名人。わざと下手くそに書いてみたりわざと面白くなく書いてみたり、神を恐れぬよるべなき子。判り切っているほど判っているのだ。ああ、ここから見おろすと、みんなおろかで薄汚い。」などと賑《にぎ》やかなことであるが、おや、刑場はすぐもうそこに見えている。そうしてこの男も「創造しつつ痛ましく勇ましく没落して行くにちがいない。」とツァラツストラがのこのこ出て来ていらざる註釈《ちゅうしゃく》を一こと附け加えた。

或る実験報告

人は人に影響を与えることもできず、また、人から影響を受けることもできない。

老年

ひとにすすめられて、「花伝書」を読む。「三十四五歳。このころの能、さかりのきはめなり。ここにて、この条条を極めさとりて、かんのう（堪能）になれば、定めて天下《てんが》にゆるされ、めいぼう（名望）を得つべし。若《も》し、この時分に、天下のゆるされも不足に、めいぼうも思ふほどなくは、如何《いか》なる上手なりとも、未《いま》だまことの花を極めぬして（仕手）と知るべし。もし極めずは、四十より能はさがるべし。それ後の証拠なるべし。さる程に、あがるは三十四五までの比《ころ》、さがるは四十以来なり。返返《かへすがへす》この比天下のゆるされを得ずは能を極めたりとおもふべからず。云々《うんぬん》。」またいう。「四十四五。この比よりの手だて、大方かはるべし。たとひ、天下にゆるされ、能に得法したりとも、それにつけても、よき脇のして（仕手）を持つべし。能はさがらねども、ちからなく、やうやう年闌《た》けゆけば、身の花も、よそ目の花も失するなり。先《まづ》すぐれたるびなん（美男）は知らず、よき程の人も、ひためん（直面）の申楽《さるがく》は、年よりては見えぬ物なり。さるほどに此《この》一方は欠けたり。この比よりは、さのみにこまかなる物まねをばすまじきなり。大方似あひたる風体《ふうてい》を、安安《やすやす》とほねを折らで、脇のして（仕手）に花をもたせて、あひしらひのやうに、少少《すくなすくな》とすべし。たとひ脇のして（仕手）なからんにつけても、いよいよ細かに身をくだく能をばすまじきなり。云々。」またいう。「五十有余。この比よりは、大方せぬならでは、手だてあるまじ。麒麟《きりん》も老いては土馬に劣ると申す事あり。云々。」

次は藤村の言葉である。「芭蕉《ばしよう》は五十一で死んだ。（中略）これには私は驚かされた。老人だ、老人だ、と少年時代から思い込んで居た芭蕉に対する自分の考えかたを変えなければ成らなくなって来た。（中略）『四十ぐらいの時に、芭蕉はもう翁という気分で居たんだね。』と馬場君も言っていた。（中略）兎《と》に角《かく》、私の心の驚きは今日まで自分の胸に描いて来た芭蕉の心像を十年も二十年も若くした。云々。」

露伴の文章がどうのこうのと、このごろ、やかましく言われているけれども、それは露伴の五重塔や一口剣《いっこうけん》などむかしの佳品を読まないひとの言うことではないのか。

玉勝間《たまかつま》にも以下の文章あり。「今の世の人、神の御社は寂しく物さびたるを尊《たつと》しと思ふは、古《いにしへ》の神社の盛りなりし世の様をば知らずして、ただ今の世に大方古く尊き神社どもはいみじくも衰へて荒れたるを見なれて、古く尊き神社は本よりかくあるものと心得たるからのひがごとなり。」

けれども私は、老人に就いて感心したことがひとつある。黄昏《たそがれ》の銭湯の、流し場の隅でひとりこそこそやっている老人があった。観ると、そまつな日本剃刀《かみそり》で鬚《ひげ》を剃《そ》っているのだ。鏡もなしに、薄暗闇のなかで、落ちつき払ってやってているのだ。あのときだけは唸《うな》るほど感心した。何千回、何万回という経験が、この老人に鏡なしで手さぐりで顔の鬚をらくらくと剃ることを教えたのだ。こういう具合の経験の堆積《たいせき》には、私たち、逆立ちしたって負けである。そう思って、以後、気をつけていると、私の家主の六十有余の爺もまた、なんでもものを知っている。植木を植えかえる季節は梅雨時に限るとか、蟻《あり》を退治するのには、こうすればよいとか、なかなか博識である。私たちより四十も多く夏に逢《あ》い、四十回も多く花見をし、とにかく、四十回も其《そ》の余も多くの春と夏と秋と冬とを見て来たのだ。けれども、こと芸術に関してはそうはいかない。「点三年、棒十年」などというやや悲壮な修業の掟《おきて》は、むかしの職人の無智な英雄主義にすぎない。鉄は赤く熱しているうちに打つべきである。花は満開のうちに眺むべきである。私は晩成の芸術というものを否定している。

難解

「太初《はじめ》に言《ことば》あり。言は神と偕《とも》にあり。言は神なりき。この言は太初に神とともに在り。萬《よろづ》の物これに由《よ》りて成り、成りたる物に一つとして之《これ》によらで成りたるはなし。之に生命《いのち》あり。この生命は人の光なりき。光は暗黒《くらき》に照る。而《しか》して暗黒は之を悟らざりき。云々。」私はこの文章を、この想念を、難解だと思った。ほうぼうへ持って廻ってさわぎたてたのである。

けれども、あるときふっと角度をかえて考えてみたら、なんだ、これはまことに平凡なことを述べているにすぎないのである。それから私はこう考えた。文学に於《お》いて、「難解」はあり得ない。「難解」は「自然」のなかにだけあるのだ。文学というものは、その難解な自然を、おのおの自己流の角度から、すぱっと斬《き》っ（たふりをし）て、その斬り口のあざやかさを誇ることに潜んで在るのではないのか。

塵《じん》中《ちゅう》の人

寒山詩は読んだが、お経のようで面白くなかった。なかに一句あり。

　悠悠たる塵中の人、
　常に塵中の趣を楽む。

　云々。

「悠悠たる」は嘘《うそ》だと思うが、「塵中の人」は考えさせられた。

玉勝間にもこれあり。

「世々の物知り人、また今の世に学問する人なども、みな住みかは里遠く静かなる山林を住みよく好ましくするさまにのみいふなるを、われは、いかなるにか、さはおぼえず、ただ人繁《しげ》く賑はしき処《ところ》の好ましくて、さる世放れたる処などは、さびしくて、心もしをるるやうにぞおぼゆる。云々。」

　健康とそれから金銭の条件さえ許せば、私も銀座のまんなかにアパアト住いをして、毎日、毎日、とりかえしのつかないことを言い、とりかえしのつかないことを行うべきでもあろうと、いま、白砂青松の地にいて、籐椅子《とういす》にねそべっているわが身を抓《つね》っている始末である。住み難き世を人一倍に痛感しまことに受難の子とも呼ぶにふさわしい、佐藤春夫、井伏鱒二《ますじ》、中谷孝雄、いまさら出家遁世《とんせい》もかなわず、なお都の塵中にもがき喘《あえ》いでいる姿を思うと、――いやこれは対岸の火事どころの話でない。

おのれの作品のよしあしをひとにたずねることに就いて

自分の作品のよしあしは自分が最もよく知っている。千に一つでもおのれによしと許した作品があったならば、さいわいこれに過ぎたるはないのである。おのおの、よくその胸に聞きたまえ。

書簡集

おや？　あなたは、あなたの創作集よりも、書簡集のほうを気にして居られる。――作家は悄然《しょうぜん》とうなだれて答えた。ええ、わたくしは今まで、ずいぶんたくさんの愚劣な手紙を、ほうぼうへ撒《ま》きちらして来ましたから。（深い溜息《ためいき》をついて、）大作家にはなれますまい。

これは笑い話ではない。私は不思議でならないのだ。日本では偉い作家が死んで、そのあとで上梓《じょうし》する全集へ、必ず書簡集なるものが一冊か二冊、添えられてある。書簡のほうが、作品よりずっと多量な全集さえ、あったような気がするけれど、そんなのには又、特殊な事情があったのかも知れない。

作家の、書簡、手帳の破片、それから、作家御十歳の折の文章、自由画。私には、すべてくだらない。故作家と生前、特に親交あり、いま、その作家を追慕するのあまり、彼の戯《たわむ》れにものした絵集一巻、上梓して内輪《うちわ》の友人親戚《しんせき》間にわけてやるなど、これはまた自ら別である。あかの他人のかれこれ容喙《ようかい》すべき事がらでない。

私は一読者の立場として、たとえばチェホフの読者として、彼の書簡集から何ひとつ発見しなかった。私には、彼の作品「鷗《かもめ》」の中のトリゴーリンの独白を書簡集のあちこちの隅からかすかに聴取できただけのことであった。

読者あるいは、諸作家の書簡集を読み、そこに作家の不用意きわまる素顔を発見したつもりで得々としているかも知れないが、彼等がそこでいみじくも、摑《つか》まされたものはこの作家もまた一日に三度三度のめしを食べた、あの作家もまた房事を好んだ、等々の平俗な生活記録にすぎない。すでに判り切ったことである。それこそ、言うさえ野暮な話である。それにもかかわらず、読者は、一度摑んだ鬼の首を離そうともせず、ゲエテはどうも梅毒らしい。プルウストだって出版屋には三拝九拝だったじゃないか、孤蝶と一葉とはどれくらいの仲だったのかしら。そうして、作家が命をこめた作品集は、文学の初歩的なるものとしてこれを軽んじ、もっぱら日記や書簡集だけをあさり廻るのである。曰《いわ》く、将を射んと欲せば馬を射よ。文学論は更に聞かれず、行くところ行くところ、すべて人物月旦《げったん》はなやかである。

作家たるもの、またこの現象を黙視し得ず、作品は二の次、もっぱらおのれの書簡集作成にいそがしく、十年来の親友に送る書簡にも、袴《はかま》をつけ扇子を持って、一字一句、活字になったときの字づらの効果を考慮し、他人が覗《のぞ》いて読んでも判るよう文章にいちいち要らざる註釈を書き加えて、そのわずらわしさ、ために作品らしき作品一つも書けず、いたずらに手紙上手の名のみ高い、そういうひとさえ出て来るわけではないか。

書簡集に用いるお金があったなら、作品集をいよいよ立派に装釘《そうてい》するがいい。発表されると予期しているような、また予期していないような、あやふやな書簡、及び日記。蛙《かえる》を摑まされたようで、気持ちがよくないのである。いっそどちらかにきめたほうが、まだしもよい。

かつて私は、書簡もなければ日記もない、詩十篇ぐらいに訳詩十篇ぐらいの、いい遺作集を愛読したことがある。富永太郎というひとのものであるが、あの中の詩二篇、訳詩一篇は、いまでも私の暗い胸のなかに灯をともす。唯一無二のもの。不朽のもの。書簡集の中には絶対にないもの。

兵法

文章の中の、ここの箇所は切り捨てたらよいものか、それとも、このままのほうがよいものか、途方にくれた場合には、必ずその箇所を切り捨てなければいけない。いわんや、その箇所に何か書き加えるなど、もってのほかというべきであろう。

In a word

久保田万太郎か小島政二郎か、誰かの文章の中でたしかに読んだことがあるような気がするのだけれども、あるいは、これは私の思いちがいかも知れない。芥川《あくたがわ》龍之介が、論戦中によく「つまり？」という問を連発して論敵をなやましたものだ、という懐古談なのだ。久保万か、小島氏か、一切忘れてしまったけれども、とにかく、ひどくのんびり語っていた。これには、わたくしたち、ほとほと閉口いたしましたもので、というような口調であった。いずくんぞ知らん、芥川はこの「つまり」を摑みたくて血まなこになって追いかけ追いかけ、はては、看護婦、子守娘にさえ易々とできる毒薬自殺をしてしまった。かつての私もまた、この「つまり」を追及するに急であった。ふんぎりが欲しかった。路草《みちくさ》を食う楽しさを知らなかった。循環小数の奇妙を知らなかった。動かざる、久遠《くおん》の真理を、いますぐ、この手で摑みたかった。「つまりは、もっと勉強しなくちゃいかんということさ。」「お互いに。」徹宵《てつしょう》、議論の揚句の果は、ごろんと寝ころがって、そう言って二人うそぶく。それが結論である。それでいいのだとこのごろ思う。

私はたいへんな問題に足を踏みいれてしまったようである。はじめは、こんなことを言うつもりじゃなかった。

In a wordという小題で、世人、シェストフを贋物《がんぶつ》の一言で言い切り、横光利一を駑馬《どば》の二字で片づけ、懐疑説の矛盾をわずか数語でもって指摘し去り、ジッドの小説は二流也と一刀のもとに屠《ほふ》り、日本浪曼派は苦労知らずと蹴《け》って落ちつき、はなはだしきは読売新聞の壁評論氏の如く、一篇の物語（私の「猿ヶ島」）を一行の諷刺《ふうし》、格言に圧縮せんと努めるなど、さまざまの殺伐なるさまを述べようと思っていたのだが、秋空のせいか、ふっと気がかわって、われながら変なことになってしまった。これは、明かに失敗である。

病軀《びょうく》の文章とそのハンデキャップに就いて

確かに私は、いま、甘えている。家人は私を未だ病人あつかいにしているし、この戯文を読むひとたちもまた、私の病気を知っている筈《はず》である。病人ゆえに、私は苦笑でもって許されている。

君、からだを頑健にして置きたまえ。作家はその伝記の中で、どのような三面記事をも作ってはいけない。

追記。文芸冊子「散文」十月号所載山岸外史の「デカダン論」は細心鏤刻《ろうこく》の文章にして、よきものに触れたき者は、これを読め。

「衰運」におくる言葉

ひややかにみづをたたへて
かくあればひとはしらじな
ひをふきしやまのあととも

右は、生田長江のうたである。「衰運」読者諸兄へのよき暗示ともなれば幸甚である。

君、あとひとつき寝れば、二十五歳、深く自愛し、そろそろと路なき路にすすむがよい。そうして、不抜の高き塔を打ちたて、その塔をして旅人にむかい百年のちまで、「ここに男ありて、――」と必ず必ず物語らせるがよい。私の今宵《こよい》のこの言葉を、君、このまま素直に受けたまえ。

ダス・ゲマイネに就いて

いまより、まる二年ほどまえ、ケエベル先生の「シルレル論」を読み、否《いな》、読まされ、シルレルはその作品に於いて、人の性よりしてダス・ゲマイネ（卑俗）を駆逐し、ウール・シュタンド（本然の状態）に帰らせた。そこにこそ、まことの自由が生れた。そんな所論を見つけたわけだ。ケエベル先生は、かの、きよらなる顔をして、「私たち、なかなかにこのダス・ゲマイネという泥地から足を抜けないもので、——」と嘆じていた。私もまた、かるい溜息《ためいき》をもらした。「ダス・ゲマイネ」「ダス・ゲマイネ」この想念のかなしさが、私の頭の一隅にこびりついて離れなかった。

いま日本に於いて、多少ともウール・シュタンドに近き文士《ぶんし》は、白樺《しらかば》派の公達《きんだち》、葛《か》西善蔵《さい》、佐藤春夫。佐藤、葛西、両氏に於いては、自由などというよりは、稀代《きたい》のすねものとでも言ったほうが、よりよく自由という意味を言い得て妙なふうである。ダス・ゲマイネは、菊池寛である。しかも、ウール・シュタンドにせよ、ダス・ゲマイネにせよ、その優劣をいますぐここで審判するなど、もってのほかというべきであろう。人ありて、菊池寛氏のダス・ゲマイネのかなしさを真正面から見つめ、論ずる者なきを私はかなしく思っている。さもあらばあれ、私の小説「ダス・ゲマイネ」発表数日後、つぎの如き全く差出人不明のはがきが一枚まい込んで来たのである。

うつしみに
きみのゑがきし
をとめのゑ
うらふりしけふ
こころわびしき

右、春の花と秋の紅葉といずれ美しきという題にて。

よみ人しらず。

名を名乗れ！　私はこの一首のうたのために、確実に、七八日、ただ、胸を焦《こ》がさんほどにわくわくして歩きまわっていた。ウール・シュタンドも、ケエベル先生もあったものでなし。所詮《しよせん》、私は、一箇の感傷家にすぎないのではないのか。

金銭について

ついに金銭は最上のものでなかった。いま私、もし千円もらっても、君がほしければ、君に、あげる。のこっているものは、蒼空《あおぞら》の如き太古のすがたとどめたる汚《けが》れなき愛情と、――それから、もっとも酷薄にして、もっとも気永なる復讐心《ふくしゅうしん》。

放心について

森羅万象の美に切りまくられ踏みつけられ、舌を焼いたり、胸を焦がしたり、男ひとり、よろめきつつも、或る夜ふと、かすかにひかる一条の路を見つけた！　と思い込んで、はね起きる。走る。ひた走りに走る。一瞬間のできごとである。私はこの瞬間を、放心の美と呼称しよう。断じて、ダス・デモニッシュのせいではない。人のちからの極致である。私は神も鬼も信じていない。人間だけを信じている。華厳《けごん》の滝が涸《か》れたところで、私は格別、痛嘆しない。けれども、俳優、羽左衛門の壮健は祈らずに居れないのだ。柿右衛門の作ひとつにでも傷をつけないように。きょう以後「人工の美」という言葉をこそ使うがよい。いかに天衣なりといえども、無縫ならば汚くて見られぬ。

附言する。かかる全き放心の後に来る、もの凄《すさま》じきアンニュイを君知るや否や。

世渡りの秘訣《ひけつ》

節度を保つこと。節度を保つこと。

緑　雨

保田君曰く、「このごろ緑雨を読んでいます。」緑雨かつて自らを正直正太夫《しょうだゆう》と称せしことあり。保田君。この果敢なる勇気にひかれたるか。

ふたたび書簡のこと

友人にも逢《あ》わず、ひとり、こうして田舎に居れば、恥多い手紙を書く度数もいよいよしげくなるわけだ。けれども、先日、私は、作家の書簡集、日記、断片をすべてくだらないと言ってしまった。いまでも、そう思っている。よし、とゆるした私の書簡は私の手で発表する。以下、二通。

（文章のてにをはの記憶ちがいは許せ。）

保田君。

ぼくもまた、二十代なのだ。舌焼け、胸焦げ、空高き雁《かり》の声を聞いている。今宵、風寒く、身の置きどころなし。不一。

さらに一通は、

（眠られぬままに、ある夜、年長の知人へ書きやる。）

かなしいことには、あれでさえ、なおかつ、狂言にすぎなかった。われとわが額を壁に打ちつけ、この生命《いのち》絶たんとはかった。あわれ、これもまた、「文章」にすぎない。君、僕は覚悟している。僕の芸術は、おもちゃの持つ美しさと寸分異るところがないということを。あの、でんでん太鼓の美しさと。（一行あけて）ほととぎす、いまわのきわの一声は、「死ぬるとも、巧言令色であれ！」

このほか三通、気にかかっている書簡があるのだけれど、それらに就いては後日、また機会もあろう。(ないかも知れぬ。)

追記。文芸冊子「非望」第六号所載、出方名英光の「空吹く風」は、見どころある作品なり。その文章駆使に当って、いま一そう、ひそかに厳酷なるところあったなら、さらに申し分なかったろうものを。

わが儘《まま》という事

文学のためにわがままをするというのは、いいことだ。社会的には二十円三十円のわがまま、それをさえできず、いま更なんの文学ぞや。

百花撩乱主義《ひゃっかりょうらんしゅぎ》

福本和夫、大震災、首相暗殺、そのほか滅茶滅茶のこと、数千。私は、少年期、青年期に、いわば「見るべからざるもの。」をのみ、この眼で見て、この耳で聞いてしまった。二十七八歳を限度として、それよりわかい青年、すべて、口にいわれぬ、人知れない苦しみをなめているのだ。この身をどこに置くべきか。それさえ自分にわかっておらぬ。

ここに越ゆべからざる太い、まっ黒な線がある。ジェネレーションが、舞台が、少しずつ廻っている。彼我相通ぜぬ厳粛な悲しみ、否、嗚咽《おえつ》さえ、私には感じられるのだ。われらは永い旅をした。せっぱつまり、旅の仮寝の枕元の一輪を、日本浪曼派と名づけてみた。この一すじ。竹林の七賢人も藪《やぶ》から出て来て、あやうく餓死をのがれん有様、佳《よ》き哉《かな》、自ら称していう。「われは花にして、花作り。われ未だころあいを知らず。Alles oder Nichts.」

またいう。「策略の花、可也。修辞の花、可也。沈黙の花、可也。理解の花、可也。物真似の花、可也。放火の花、可也。われら常におのれの発したる一語一語に不抜の責任を持つ。」

あわれ、この花園の妖《あや》しさよ。

この花園の奇《く》しき美の秘訣を問わば、かの花作りにして花なるひとり、一陣の秋風を呼びて応《こた》えん。「私たちは、いつでも死にます。」一語。二語ならば汚し。花は、ちらばり乱れて、ひとつひとつ、咲き誇り、「生きて在るものを愛せよ」「おれは新しくない。けれども決して古くはならぬ」「いのちがけならば、すべて尊し」

「終局において、人間は、これ語るに足らず」「不可解なのは藤村の表情」「いや、そのことについては、私が」「いや、僕だ。僕だ。」「人は人を嘲《あざわら》うべきでない」云々《うんぬん》。日本浪曼派団結せよ、には非ず。日本浪曼派、またその支持者各々の個性をこそ、ゆゆしきものと思い、いかなる侮蔑《ぶべつ》をもゆるさず、また、各々の生きかた、ならびに作品の特殊性にも、死ぬるともゆずらぬ矜《ほこり》を持ち、国々の隅々にいたるまで、撩乱せよ、である。

ソロモン王と賤民《せんみん》

私は生れたときに、一ばん出世していた。亡父は貴族院議員であった。父は牛乳で顔を洗っていた。遺児は、次第に落ちぶれた。文章を書いて金にする必要。私はソロモン王の底知れぬ憂愁も、賤民の汚なさも、両方、知っている筈だ。

文章

文章に善悪の区別、たしかにあり。面貌《めんぼう》、姿態の如きものであろうか。宿命なり。

いたしかたなし。

感謝の文学

日本には、ゆだん大敵という言葉があって、いつも人間を寒く小さくしている。芸術の腕まえにおいて、あるレヴェルにまで漕《こ》ぎついたなら、もう決して上りもせず、また格別、落ちもしないようだ。疑うものは、志賀直哉《なおや》、佐藤春夫、等々を見るがよい。それでまた、いいのだとも思う。（藤村については、項をあらためて書くつもり。）ヨーロッパの大作家は、五十すぎても六十すぎても、ただ量で行く。マンネリズムの堆積《たいせき》である。ソバでもトコロテンでも山盛にしたら、ほんとうに見事だろうと思われる。藤村はヨーロッパ人なのかも知れない。

けれども、感謝のために、私は、あるいは金のために、あるいは子供のために、あるいは遺書のために、苦労して書いておるにすぎない。人を嘲えず、自分だけを、ときたま笑っておる。そのうちに、わるい文学は、はたと読まれなくなる。民衆という混沌《こんとん》の怪物は、その点、正確である。きわだってすぐれたる作品を書き、わがことおわれりと、晴耕雨読、その日その日を生きておる佳い作家もある。かつて祝福されたる人。ダンテの地獄篇を経て、天国篇まで味わうことのできた人。また、ファウストのメフィストだけを気取り、グレエトヘンの存在をさえ忘れている復讐の作家もある。私には、どちらとも審判できないのであるが、これだけは、いい得る。窓ひらく。好人物の夫婦。出世。蜜柑《みかん》。春。結婚まで。鯉。あすなろう。等々。生きていることへの感謝の念でいっぱいの小説こそ、不滅のものを持っている。

審判

人を審判する場合。それは自分に、しかばねを、神を、感じているときだ。

無間《むげん》奈落

押せども、ひけども、うごかぬ扉が、この世の中にある。地獄の門をさえ冷然とくぐったダンテもこの扉については、語るを避けた。

余談

ここには、「鷗外《おうがい》と漱石《そうせき》」という題にて、鷗外の作品、なかなか正当に評価せられざるに反し、俗中の俗、夏目漱石の全集、いよいよ華やかなる世情、涙出ずるほどくやしく思い、参考のノートや本を調べたけれども、「僕輩」の気折れしてものにならず。この夜、一睡もせず。朝になり、ようやく解決を得たり。解決に曰《いわ》く、時間の問題さ。かれら二十七歳の冬は、云々。へんに考えつめると、いつも、こんな解決也。いっそ、いまは記者諸兄と炉をかこみ、ジャアナルということの悲しさについて語らん乎《か》。

私は毎朝、新聞紙上で諸兄の署名なき文章ならびに写真を見て、かなしい気がする。（ときたま不愉快なることもあり。）これこそ読み捨てられ、見捨てられ、それっきりのもののような気がして、はかなきものを見るもの哉と思うのである。けれども、「これが世の中だ」と囁《ささや》かれたなら、私、なるほどとうなずくかもしれぬ気配をさえ感じている。ゆく水は二度とかえらぬそうだ。せいせいるてんという言葉もある。この世の中に生れて来たのがそもそも、間違いの発端と知るべし。

Alles Oder Nichts

イプセンの劇より発し少しずつヨオロッパ人の口《くち》の端《は》に上りしこの言葉が、流れ流れて、今では、新聞当選のたよりげなき長編小説の中にまで、易々とはいりこんでいたのを、ちらりと見て、私自身、嘲弄《ちょうろう》されたと思いこみむっとなった。私の思念の底の一すじのせんかんたる渓流もまた、この言葉であったのだから。

私は小学校のときも、中学校のときも、クラスの首席であった。高等学校へはいったら、三番に落ちた。私はわざと手段を講じてクラスの最下位にまで落ちた。大学へはいり、フランス語が下手で、屈辱の予感からほとんど学校へ出なかった。文学に於いても、私は、誰のあなどりも許すことが出来なかった。完全に私の敗北を意識したなら、私は文学をさえ、止すことが出来る。

けれども私は、或る文学賞の候補者として、私に一言の通知もなく、そうして私が蹴《け》落《おと》されていることまで、附け加えて、世間に発表された。人おのおの、不抜の自尊心のほどを、思いたまえ。しかるに受賞者の作品を一読するに及び、告白すれば、私、ひそかに安堵《あんど》した。私は敗北しなかった。私は書いてゆける。誰にも許さぬ私ひとりの路をあるいてゆける確信。

私、幼くして、峻厳酷烈《しゅんげんこくれつ》なる亡父、ならびに長兄に叩《たた》きあげられ、私もまた、人間として少し頑迷なるところあり、文学に於いては絶対に利己的なるダンディスムを奉じ、十年来の親友をも、みだりに許さず、死して、なお、旗を右手に歯ぎしりしつつ巷《ちまた》をよろばいあるくわが身の執拗《しつよう》なる業《ごう》をも感じて居るのだ。一朝、生活にことやぶれ、万事窮したる揚句の果には、耳をつんざく音と共に、わが身は、酒井真人と同じく、「文芸放談」。どころか、「文芸糞談《ふんだん》」。という雑誌を身の生業《なりわい》として、石にかじりついても、生きのびて行くやも知れぬ。秀才、はざま貫一、勉学を廃止して、ゆたかな金貸し業をこころざしたというテーマは、これは今のかずかずの新聞小説よりも、いっそう切実なる世の中の断面を見せて呉《く》れる。

私、いま、自らすすんで、君がかなしき藁《わら》半紙に、わが心臓つかみ出したる詩を、しるさん。私、めったの人には断じて見せなかった未発表の大事の詩一篇。

附言する。われ藁半紙のゆえにのみしるす也と思うな。原稿用紙二枚に走り書きしたる君のお手紙を読み、謂《い》わば、屑籠《くずかご》の中の蓮《はちす》を、確実に感じたからである。君もまたクライストのくるしみを苦しみ、凋落《ちょうらく》のボオドレエルの姿態に胸を焼き、焦《こ》がれ、たしかに私と甲乙なき一二の佳品かきたることあるべしと推量したからである。ただし私、書くこと、この度一回に限る。私どんなひとでも、馴《な》れ合うことは、いやだ。

因果

射的を
好む
頭でっかちの
弟。
兄は、いつでも、生命を、あげる。

葦《あし》の自戒

その一。ただ、世の中にのみ眼をむけよ。自然の風景に惑溺《わくでき》して居る我の姿を、自覚したるときには、「われ老憊《ろうばい》したり。」と素直に、敗北の告白をこそせよ。
その二。おなじ言葉を、必ず、二度むしかえして口の端に出さぬこと。
その三。「未《いま》だし。」

感想について

感想なんて！　まるい卵もきり様《よう》ひとつで立派な四角形になるじゃないか。伏目がちの、おちょぼ口を装《よそお》うこともできるし、たったいまたかまが原からやって来た原始人そのままの素朴の真似もできるのだ。私にとって、ただ一つ確実なるものは、私自身の肉体である。こうして寝ていて、十指を観る。うごく。右手の人差指。うごく。左の小指。これも、うごく。これを、しばらく、見つめて居ると、「ああ、私は、ほんとうだ。」と思う。他は皆、なんでも一切、千々《ちぢ》にちぎれ飛ぶ雲の思いで、生きて居るのか死んで居るのか、それさえ分明しないのだ。よくも、よくも！　感想だなぞと。

遠くからこの状態を眺めている男ひとり在りて曰く、「たいへん簡単である。自尊心。これ一つである。」

すらだにも

金槐集《きんかいしゅう》をお読みのひとは知って居られるだろうが、実朝《さねとも》のうたの中に、「すらだにも。」なる一句があった。前後はしかと覚えて居らぬが、あはれ、けだものすらだにも、云々というような歌であった。

二十代の心情としては、どうしても、「すらだにも。」といわなければならぬところである。ここまで努めて、すらだにも、と口に出したくなって来るではないか。実朝を知ること最も深かった真淵《まぶち》、国語をまもる意味にて、この句を、とらず。いまになりては、いずれも佳《よ》きことをしたと思うだけで、格別、真淵をうらまない。

慈　眼

「慈眼。」というのは亡兄の遺作（へんな仏像）に亡兄みずから附したる名前であって、その青色の二尺くらいの高さの仏像は、いま私の部屋の隅に置いて在るが、亡兄、二十七歳、最後の作品である。二十八歳の夏に死んだのだから。

そういえば、私、いま、二十七歳。しかも亡兄のかたみの鼠色の縞《しま》の着物を着て寝て居る。二三年まえ、罪なきものを殴り、蹴ちらかして、馬の如く巷を走り狂い、いまもなお、ときたま、余燼《よじん》ばくはつして、とりかえしのつかぬことをしてしまうのである。どうにでもなれと、一日一ぱいふんぞりかえって寝て居ると、わが身に、慈眼の波ただよい、言葉もなく、にこやかに、所謂《いわゆる》えびす顔になって居る場合が多い。われながら、まるでたわいがないのだ。

この項、これだけのことで、読者、不要の理窟《りくつ》を附さぬがよい。

重大のこと

知ることは、最上のものにあらず。人智には限りありて、上は――氏より、下は――氏にいたるまで、すべて似たりよったりのものと知るべし。

重大のことは、ちからであろう。ミケランジェロは、そんなことをせずともよい豊かな身分であったのに、人手は一切借りず何もかもおのれひとりで、大理石塊を、山から町の仕事場までひきずり運び、そうして、からだをめちゃめちゃにしてしまった。附言する。ミケランジェロは、人を嫌ったから、あんなに人に嫌われたのだそうである。

敵

私をしんに否定し得るものは、（私は十一月の海を眺めながら思う。）百姓である。十代まえからの水呑《みずのみ》百姓、だけである。

丹羽《にわ》文雄、川端康成、市村羽左衛門、そのほか。私には、かぜ一つひいてさえ気にかかる。

追記。本誌連載中、同郷の友たる今官一君の「海鷗の章。」を読み、その快文章、私の胸でさえ躍らされた。このみごとなる文章の行く先々を見つめ居る者、けっして、私のみに非ざることを確信して居る。

健康

なんにもしたくないという無意志の状態は、そのひとが健康だからである。少くとも、ペエンレッスの状態である。それでは、上は、ナポレオン、ミケランジェロ、下は、伊藤博文、尾崎紅葉にいたるまで、そのすべての仕事は、みんな物狂いの状態から発したものなのか。然《しか》り。間違いなし。健康とは、満足せる豚。眠たげなポチ。

K　君

おそるおそる、たいへんな秘密をさぐるが如き、ものものしき仕草で私に尋ねた。「あなたは、文学がお好きなのですか。」私はだまって答えなかった。面貌《めんぼう》だけは凜乎《りんこ》たるところがあったけれど、なんの知識もない、十八歳の少年なのである。私にとって、唯一無二の苦手であった。

ポ　オ　ズ

はじめから、空虚なくせに、にやにや笑う。「空虚のふり。」

絵はがき

この点では、私と山岸外史とは異るところがある。私、深山のお花畑、初雪の富士の霊峰。白砂に這《は》い、ひろがれる千本松原、または紅葉に見えかくれする清姫滝、そのような絵はがきよりも浅草仲店《なかみせ》の絵はがきを好むのだ。人ごみ。喧噪《けんそう》。他生の縁あってここに集い、折も折、写真にうつされ、背負って生れた宿命にあやつられながら、しかも、おのれの運命開拓の手段を、あれこれと考えて歩いている。私には、この千に余る人々、誰ひとりをも笑うことが許されぬ。それぞれ、努めて居るにちがいないのだ。かれら一人一人の家屋。ちち、はは。妻と子供ら。私は一人一人の表情と骨格とをしらべて、二時間くらいの時を忘却する。

いつわりなき申告

黙然たる被告は、突如立ちあがって言った。

「私は、よく、ものごとを識《し》っています。もっと識ろうと思っています。私は率直であります。率直に述べようと思っています。」

裁判長、傍聴人、弁護士たちでさえ、すこぶる陽気に笑いさざめいた。被告は坐ったまま、ついにその日一日おのれの顔を両手もて覆《おお》っていた。夜、舌を嚙《か》み切り、冷くなった。

乱麻を焼き切る

小説論が、いまのように、こんぐらかって来ると、一言、以《もつ》て之《これ》を覆いたくなって来るのである。フランスは、詩人の国。十九世紀の露西亜《ロシア》は、小説家の国なりき。日本は、古事記。日本書紀。万葉の国なり。長篇小説などの国には非ず。小説家たる君、まず異国人になりたまえ。あれも、これも、と佳き工合には、断じていかぬよう也。君の兄たり友たり得るもの、プウシキン、レエルモントフ、ゴオゴリ、トルストイ、ドストエフスキイ、アンドレエフ、チェホフ、たちまち十指にあまる勢いではないか。

最後のスタンドプレイ

ダヴィンチの評伝を走り読みしていたら、はたと一枚の挿画《そうが》に行き当った。最後の晩餐《ばんさん》の図である。私は目を見はった。これはさながら地獄の絵掛地。ごったがえしの、天地震動の大騒ぎ。否《いな》。人の世の最も切なき阿修羅の姿だ。十九世紀のヨオロッパの文豪たちも、幼くしてこの絵を見せられ、こわき説明を聞かされたにちがいない。

「われを売るもの、この中にひとりあり。」キリストはそう呟《つぶや》いて、かれの一切の希望をさらっと捨て去った、刹那《せつな》の姿を巧みにとらえた。ダヴィンチは、キリストの底しれぬ深い憂愁と、われとわが身を静粛に投げ出したるのちの無限のいつくしみの念とを知っていた。そうしてまた、十二の使徒のそれぞれの利己的なる崇敬の念をも悉《しっ》知《ち》していた。よし。これを一つ、日本浪曼《ろうまん》派の同人諸兄にたのんで、芝居をしてもらおう。精悍《せいかん》無比の表情を装い、斬人斬馬の身ぶりを示して居るペテロは誰。おのれの潔白を証明することにのみ急なる態のフィリッポスは誰。ただひたすらに、あわてふためいて居るヤコブは誰。キリストの胸のおん前に眠るが如くうなだれて居るこの小鳩のように優美なるヨハネは誰。そうして、最後に、かなしみ極りてかえって、ほのかに明るき貌《かお》の、キリストは誰。

山岸、あるいは、自らすすんでキリストの役を買って出そうであるが、果して、どういうものであるか。中谷孝雄なる佳き青年の存在をもゆめ忘れてはならないし、そのうえ、「日本浪曼派」という目なき耳なき混沌《こんとん》の怪物までひかえて居る。ユダ。左手もて何やらんおそろしきものを防ぎ、右手もて、しっかと金嚢《きんのう》を摑《つか》んで居る。君、その役をどうか私にゆずってもらいたい。私、「日本浪曼派」を愛すること最も深く、また之を憎悪するの念もっとも高きものがあります故《ゆえ》。

冷酷ということについて

厳酷と冷酷とは、すでにその根元に於《お》いて、相違って居るものである。厳酷、その奥底には、人間の本然《ほんねん》の、あたたかい思いやりで一ぱいであるのだが、冷酷は、ちゃちなガラスの器物の如きもので、ここには、いかなる花ひとつ、咲きいでず、まるで縁なきものである。

わがかなしみ

夜道を歩いていると、草むらの中で、かさと音がする。蝮蛇《まむし》の逃げる音。

文章について

文士というからには、文に巧みなるところなくては、かなうまい。佳き文章とは、「情籠《こも》りて、詞《ことばの》舒び、心のままの誠《まこと》を歌い出でたる」態のものを指していう也《なり》。情籠りて云々は上田敏、若きころの文章である。

ふと思う

なんだ、みんな同じことを言っていやがる。

Y子

そのささやきには真摯《しんし》の響きがこもっていた。たった二度だけ。その余《よ》は、私を困らせた。

「私、なんだか、ばかなことを言っちゃったようね。」

「私にだって個性があるわよ。でも、あんなに言われたら黙っているよりほかに仕様がないじゃないの。」

言葉の奇妙

「舌もつれる。」「舌の根をふるわす。」「舌を巻く。」「舌そよぐ。」

まんざい

私のいう掛合いまんざいとは、たとえば、つぎの如きものを指して言うのである。

問。「君はいったい、誰に見せようとして、紅《べに》と鉄漿《かね》とをつけているのであるか。」
答。「みんな、様《さま》ゆえ。おまえゆえ。」
へらへら笑ってすまされる問答ではないのである。殴るのにさえ、手がよごれる。
君の中にも！

わが神話

いんしゅう、いなばの小兎《こうさぎ》。毛をむしられて、海水に浸り、それを天日でかわかした。これは痛苦のはじまりである。

いんしゅう、いなばの小兎。淡水でからだを洗い、蒲《がま》の毛を敷きつめて、その中にふかふかと埋って寝た。これは、安楽のはじまりであろう。

最も日常茶飯事的なるもの

「おれは男性である。」この発見。かれは家人の「女性。」に気づいてから、はじめて、かれの「男性。」に気づいた。同棲《どうせい》、以来、七年目。

蟹《かに》について

阿部次郎のエッセイの中に、小さい蟹が自分のうちの台所で、横っ飛びに飛んだ。蟹も飛べるのか、そう思ったら、涙が出たという文章があった。あそこだけは、よし。私の家の庭にも、ときたま、蟹が這《は》って来る。君は、芥子《けし》つぶほどの蟹を見たことがあるか。芥子つぶほどの蟹と、芥子つぶほどの蟹とが、いのちかけて争っていた。私、あのとき、凝然とした。

わがダンディスム

「ブルウタス、汝《なんじ》もまた。」

人間、この苦汁を嘗《な》めぬものが、かつて、ひとりでも、あったろうか。おのれの最も信頼して居るものこそ、おのれの、生涯《しょうがい》の重大の刹那《せつな》に、必ず、おのれの面上に汚き石を投ずる。はっしと投ずる。

さきごろ、友人保田與重郎の文章の中から、芭蕉の佳き一句を見いだした。「朝がほや昼は鎖《じょう》おろす門の垣。」なるほど、これに限る。けれども、――また、――否《いな》。これに限る。これに限る!

「晩年」に就いて

私はこの短篇集一冊のために、十箇年を棒に振った。まる十箇年、市民と同じさわやかな朝めしを食わなかった。私は、この本一冊のために、身の置きどころを失い、たえず自尊心を傷《きず》つけられて世のなかの寒風に吹きまくられ、そうして、うろうろ歩きまわっていた。数万円の金銭を浪費した。長兄の苦労のほどに頭さがる。舌を焼き、胸を焦《こ》がし、わが身を、とうてい恢復《かいふく》できぬまでにわざと損じた。百篇にあまる小説を、破り捨てた。原稿用紙五万枚。そうして残ったのは、辛うじて、これだけである。これだけ。原稿用紙、六百枚にちかいのであるが、稿料、全部で六十数円である。けれども、私は、信じて居る。この短篇集、「晩年」は、年々歳々、いよいよ色濃く、きみの眼に、きみの胸に滲透《しんとう》して行くにちがいないということを。私はこの本一冊を創《つく》るためにのみ生れた。きょうよりのちの私は全くの死骸《しがい》である。私は余生を送って行く。そうして、私がこののち永く生きながらえ、再度、短篇集を出さなければならぬことがあるとしても、私はそれに、「歌留多《かるた》」と名づけてやろうと思って居る。歌留多、もとより遊戯である。しかも、金銭を賭《か》ける遊戯である。滑稽にもそれからのち、さらにさらに生きながらえ、三度目の短篇集を出すことがあるならば、私はそれに、「審判」と名づけなければいけないようだ。すべての遊戯にインポテンスになった私には、全く生気を欠いた自叙伝をぼそぼそ書いて行くよりほかに、路《みち》がないであろう。旅人よ、この路を避けて通れ。これは、確実にむなしい、路なのだから、と審判という燈台は、この世ならず厳粛に語るだろう。けれども、今宵《こよい》の私は、そんなに永く生きていたくない。おのれのスパルタを汚すよりは、錨《いかり》をからだに巻きつけて入水《じゅすい》したいものだとさえ思っている。

さもあらばあれ、「晩年」一冊、君のその両手の垢《あか》で黒く光って来るまで、繰り返し繰り返し愛読されることを思うと、ああ、私は幸福だ。——一瞬間。ひとは、その生涯に於いて、まことの幸福を味い得る時間は、これは、百米《メートル》十秒一どころか、もっと短いようである。声あり。「嘘《うそ》だ！　不幸なる出版なら、やめるがよい。」答えて曰《いわ》く、「われは、いまの世に二となき美しきもの。メジチのヴィナス像。いまの世のまことの美の実証を、この世にのこさんための出版也。

見よ！　ヴィナス像の色に出ずるほどの羞恥《しゅうち》のさま。これ、わが不幸のはじめ。また、春夏秋冬つねに裸体にして、とわに無言、やや寒き貌《かお》こそ、（美人薄命、）天のこの冷酷極りなき嫉妬《しっと》の鞭《むち》を、かの高雅なる眼もてきみにそと教えて居る。」

気がかりということに就いて

気がかりということに、黒白の二種、たしかにあることを知る。なにわぶしの語句、「あした待たるる宝船。」と、プウシキンの詩句、「あたしは、あした殺される。」とは、心のときめきに於いては同じようにも思われるだろうが、熟慮半日、確然と、黒白の如く分離し在るを知れり。

宿　題

「チェック・チャックに就いて。」「策略ということについて。」「言葉の絶対性ということについて。」「沈黙は金なりということに就いて。」「野性と暴力について。」「ダンディスム小論。」「ぜいたくに就いて。」「出世について。」「羨望《せんぼう》について。」「原始のセンチメンタリティということについて。」そのほか、甚だけちのようなれども、題名を言われぬもの、十七八項目くらい。少しずつノオトに書きしるしていっているのであるが、いま、「文藝雑誌。」創刊号になにか書くことをすすめられ、何を書こうかと、ノオトを二冊も三冊も出してあちらを覗《のぞ》き、こちらを覗きして、夕暮より、朝までかかった。どれもこれも、胸にひっかからまり、工合いよくゆかぬ。牛乳を飲んで、朝の新聞を読んでいるうちに、わかった。

私の心は千里はなれた磯にいて、浪をくるくる舞い狂っていたのである。私のはじめての本の出版。それで、すべてに、合点がついた。宿題。たくまずして、砂子屋書房主人、山崎剛平氏に、ばとんをお渡ししなければならなくなった。私の本がどれくらい、売れるであろうか。私の本の装釘《そうてい》は、うまく行くであろうか。潮どきと鷗《かもめ》と浪の関係。

附記。これは、半ば以上、私の本の、広告のために書いた。私、昭和十一年よりは、稿料、全く無しか、さもなくば、小説一枚五円、その他のくさぐさの文章一枚三円ときめた。

今年正月号には、私の血一滴まじって居るとさえ思わせたる編輯者《へんしゅうしゃ》の手紙のため。

あるいは、書きますと去年の正月にお約束して、以後、一年間、自らすすんでいよいよ強くお約束してしまい、ついには、もの狂いの状態にさえなったがため。私をつねにやわらかくなぐさめ顔の、而《しか》も文意あくまで潔白なる編輯部の手紙のため、その他、とにかく、いちどは書かなければならぬ事情ありて、断片の語、二十枚あまり書いた。稿料はすべて、私のほうから断って書いた。「人おのおの。おのれひとりの業務にのみ、努めること第一であるが、たまには隣人の、かなしくも不抜の自尊心を、そ知らぬふりして、あたためてやりたまえ。」

碧《へき》眼《がん》托《たく》鉢《はつ》

——馬をさへ眺むる雪の朝かな——

ボオドレエルに就いて

「ボオドレエルに就いて二三枚書く。」

と、こともなげに人々に告げて歩いた。それは、私にとって、ボオドレエルに向っての言葉なき、死ぬるまでの執拗《しつよう》な抵抗のつもりであった。かかる終局の告白を口の端《は》に出しては、もはや、私、かれに就いてなんの書くことがあろう。私の文学生活の始めから、おそらくはまた終りまで、ボオドレエルにだけ、ただ、かれにだけ、聞えよがしの独白をしていたのではないのか。

「いま、日本に、二十七八歳のボオドレエルが生きていたら。」

私をして生き残させて居るただ一つの言葉である。

なお、深く知らんと欲せば、読者、まず、私の作品の全部を読まなければいけない。

再び絶対の沈黙をまもる。逃げない。

ブルジョア芸術に於ける運命

百姓、職工の芸術。私はそれを見たことがない。シャルル・ルイ・フィリップ。彼が私を震駭《しんがい》させただけである。私は、否《いな》、人々は、あらゆるクラスの芸術を、ふくめて、芸術と言っているようである。つぎの言葉が、成り立つ。「それを創《つく》る芸術家に、金が、あればあるほど、佳《よ》い。さもなくば商才、人に倍してすぐれ、(恥ずべきことに非《あら》ず。)画料、稿料、ひとより図抜けて高く売りつけ、豊潤なる精進をこそすべき也《なり》。これ、しかしながら、天賦《てんぷ》の長者のそれに比し、かならず、第二流なり。」

定理

苦しみ多ければ、それだけ、報いられるところ少し。

わが終生の祈願

天にもとどろきわたるほどの、明朗きわまりなき出世美談を、一篇だけ書くこと。

わが友

ひとこと口走ったが最後、この世の中から、完全に、葬《ほうむ》り去られる。そんな胸の奥の奥にしまっている秘密を、君は、三つか四つ——筈《はず》である。

憂《う》きわれをさびしがらせよ閑古鳥

「日本浪曼派《ろうまんは》」十一月号所載、北村謙次郎の創作、「終日。」絶対の沈黙。うごかぬ庭石。あかあかと日はつれなくも秋の風。あは、ひとり行く。以上の私の言葉にからまる、或る一すじの想念に心うごかされたる者、かならず、「終日。」を読むべし。私、かれの本の出版を待つこと、切。

フィリップの骨格に就いて

淀野《よどの》隆三、かれの訳したる、フィリップ短篇集、「小さき町にて。」一冊を送ってくれた。私、先月、小説集は誰のものでも一切、読みたくなかった。田中寛二の、Man and Apes. 真宗在家勤行集《ごんぎょう》。馬鹿と面罵《めんば》するより他に仕様のなかった男、エリオットの、文学論集をわざと骨折って読み、伊東静雄の詩集、「わがひとに与ふる哀歌。」を保田與重郎が送ってくれ、わがひととは、私のことだときめて再読、そのほか、ダヴィンチ、ミケランジェロの評伝、おのおの一冊、ミケランジェロは再読、生田長江のエッセイ集。以上が先月のまとまった読書の全部である。ほかに、純文芸冊子を十冊ほど読んだ。今月、そろそろ、牧水全集のうちの、紀行文を読みはじめていた。フィリップの「小さき町にて。」を恵与されたのは、そのころのことであった。読んでみようと思った。読了して、さらに再読しようと思った。淀野隆三の文章は、たしかに綺麗《きれい》で、おっとりした気品さえ出ている。

フィリップ。これは、断じて、可愛《かわい》げのある作家では無い。私、フランスのむかしの小説家の中で、畏敬《いけい》しているもの、メリメ。それから、辛《かろう》じて、フィリップ。その余は、名はなくもがなと思っている。淀野隆三、自らきびしく、いましめるところあってか、この本のあとにもさきにも、原作者フィリップに就いて、ほとんど語っていない。では私、駄馬ののっそり勇気、かれのまことの人となりを語らん乎《か》。以下、私の述べることは、かれの骨格について也。かならず、かれの小説と、混同すべからず、かれのあの、きめこまやかなる文章と。

シャルル・ルイ・フィリップの友に語った言葉のはしはし。かれ二十五歳。「昨日、僕はけだものの如《ごと》くに泣いた。」「僕たちお互いが大作家になれるかどうか、それは、わからないけれども、少くとも、僕、これだけは断言できる。僕らは、将《まさ》に生れんとする新しい時代に属しているということを。キリストの誕生に先だち、キリストの出現を言い当てた予言者。」「これは小さい声でいうことだが、僕は、ミケランジェロと老ダンテを思うと、からだがふるえる。それから、ニイチェ。」「僕は、ドストエフスキイの、白痴を読んだ。これこそ、野蛮人の作品というものだ。僕も書く。」かれは、ビュビュ・ド・モンパルナスを書きあげた。「君のビュビュに就いての記事、僕はずいぶんうれしかった。けれども君は、僕の強さを忘れて居る。僕は執拗《しつよう》な抵抗力と、勇気とを持っている。僕たちの仲で、おそらくは、いちばん強い男だ。友人たちも、みんなそういう。僕には、猛烈な意志さえあるのだよ。」「僕、ドストエフスキイよりは二イチェに近いかも知れん。」「僕は、二十八歳にして、すでに僕の半面を切った。もう半面のあることを忘れるな。僕がいま、はっきりさせた半面は、僕の意欲したところのもの。僕みずから動かした僕の発条《ばね》。これこそ勇気であり、力であると御記憶ありたい。」「なんのことはない、僕は市井《しせい》の正義派であった。」白面の文学青年、アンドレ・ジッドに与う。「早く男らしくなってくれ。立場をどっちかに、はっきりと、きめてくれ。」

アンドレ・ジッドは演説した。「淑女、ならびに、紳士諸君。シャルル・ルイ・フィリップは、絶倫の力と、未来とを約束しながら、昨年十二月、三十四歳で、この世に、いなくなったのです。」

かれこそ、厳粛なる半面の大文豪。世をのがれ、ひっそり暮した風流隠士のたぐいではなかった。三十四歳で死したるかれには、大作家五十歳六十歳のあの傍若無人のマンネリズムの堆積《たいせき》が、無かったので、人は、かれの、ユーゴー、バルザックにも劣らぬ巨匠たる貫禄《かんろく》を見失い、或る勇猛果敢の日本の男は、かれをカナリヤとさえ呼んでいた。

淀野隆三訳、「小さき町にて。」の出版を、よろこぶの心のあまり、ひどく、不要の出しゃばりをしたようである。許したまえ。悪い心で、したことではなかったのだから。許さぬと言われるなら、それに就いて、他日また、はっきり申しひらきいたします。

或るひとりの男の精進について

「私は真実のみを、血まなこで、追いかけました。私は、いま真実に追いつきました。私は追い越しました。そうして、私はまだ走っています。真実は、いま、私の背後を走っているようです。笑い話にもなりません。」

生きて行く力

いやになってしまった活動写真を、おしまいまで、見ている勇気。

わが唯一《ゆいいつ》のおののき

考えてみると、私たちはこうして文章が書けることだけでも、まだしも仕合せであった。まかり間違って――

マンネリズム

私は、叡智《えいち》のむなしさに就いて語った。言いかえれば、作家が、このような感想を書きつづることのナンセンスに触れた。「もの思う葦《あし》。」と言い、「碧眼托鉢。」と言うも、これは、遁走《とんそう》の一方便にすぎないのであって、作家たる男が、毎月、毎月、このような断片の言葉を吐き、吐きためているというのは、ほめるべきことでない。

「言い得て、妙である。」

「かれは、勉強している。」

「なるほど、くるしんでいる。」

「狂的なひらめき。」

「切れる。」

「痛いことを言う。」

以上の讃辞《さんじ》は、それぞれそのひとにお返ししたいのである。だいたい身の毛のよだつ言葉である。

私は、生れつき、にぎやかなことを好む男だから、いままで、毎月、毎月、むりをしてまで五六枚ずつ、謂《い》わば感想断片を書き、この雑誌に載せて来た。しかるに、世の中には羞恥心《しゅうち》の全く欠けた雨蛙《あまがえる》のような男がたくさんいて、(これは、私にとってあたらしい発見であった。)ちかごろ、「狂的なひらめき。」を見せたる感想断片が、私の身のまわりにも二三ちらばり乱れて咲くようになった。あたかもそれが、すぐれたる作家のひとつの条件ででもあるかのように。

はっきり言えることがらを、どんなにはっきり言っても、言いすぎることはないのであるから、べつに「狂的なひらめき。」を見せて呉《く》れなくても、さしつかえないわけだ。若《も》し、これが、私の「もの思う葦。」の蒔《ま》いた種だとしたなら、私は、にがく笑いながら、これを刈らなければならない。それは、まさしく、よくないことだからである。白い花も、赤い花も、青い花も、いかなる花ひとつ咲かぬ哀《かな》しい雑草にちがいないのだ。

私は、誰かと、結託してこの一文を草しているのではない。私はいつでも独りでいる。そうして、独りで居るときの私の姿が、いちばん美しいのだと信じている。

「私は、すべて、ものごとを知っています。」と言いたげな、叡智の誇りに満ち満ちた馬面《うまづら》に、私は話しかける。「そうして、君は、何をしたのです。」

作家は小説を書かなければいけない

そのとおりである。そう思ったら、それを実際に行うべきである。聖書を読んだからといって、べつだん、その研究発表をせずともよい。きょうのことは今日、あすのことは明日。そのとおり行うべきである。わかっただけでは、なんにもならない。もうみんなが、わかってしまっているのだ。

挨《あい》拶《さつ》

挨拶のうまい男がある。舌そよぐの観がある。そこに全精力をそそいでいるかの如く見える。恥かしくないか。柿右衛門《かきえもん》が、竈《かま》のまえにしゃがんで、垣根のそとの道をとおるお百姓と朝の挨拶を交している。お百姓の思うには、「柿右衛門さんの挨拶は、ていねいで、よろしい。」柿右衛門は、お百姓のとおったことすら覚えていない。ただ、「よい品《しな》ができあがるように。」

柿右衛門の非礼は、ゆるさるべきであろう。藤村の口真似をするならば、「芸術の道は、しかく難い。若き人よ。これを畏《おそ》れて畏れすぎることはない。」

立派ということに就いて

もう、小説以外の文章は、なんにも書くまいと覚悟したのだが、或る夜、まて、と考えた。それじゃあんまり立派すぎる。みんなと歩調を合せるためにも、私はわざと踏みはずし、助平ごころをかき起してみせたり、おかしくもないことに笑い崩れてみせたりしていなければいけないのだ。制約というものがある。苦しいけれども、やはり、人らしく書きつづけて行くのがほんとうであろうと思った。

そう思い直して筆を執ったのであるが、さて、作家たるもの、このような感想文は、それこそチョッキのボタンを二つ三つ掛けている間に、まとめてしまうべきであって、あんまり永い時間、こだわらぬことだ。感想文など、書こうと思えば、どんなにでも面白く、また、あとからあとから、いくらでも書けるもので、そんなに重宝なものでない。さきごろ、モンテエニュの随想録を読み、まことにつまらない思いをした。なるほど集。日本の講談のにおいを嗅《か》いだのは、私だけであろうか。モンテエニュ大人《たいじん》。なかなか腹ができて居られるのだそうだが、それだけ、文学から遠いのだ。孔子曰《いわ》く、

「君子は人をたのしませても、おのれを売らぬ。小人はおのれを売っても、なおかつ、人をたのしませることができない。」文学のおかしさは、この小人のかなしさにちがいないのだ。ボオドレエルを見よ。葛西善蔵の生涯《しょうがい》を想起したまえ。腹のできあがった君子は、講談本を読んでも、充分にたのしく救われている様子である。私にとって、縁なき衆生である。腹ができて立派なる人格を持ち、疑うところなき感想文を、たのしげに書き綴《つづ》るようになっては、作家もへったくれもない。世の中の名士のひとりに成り失せる。ねんねんと動き、いたるところ、いたるところ、かんばしからぬへまを演じ、まるで、なっていなかった、悪霊の作者が、そぞろなつかしくなって来るのだ。軽薄才子のよろしき哉《かな》。滅茶な失敗のありがたさよ。醜き慾念の尊さよ。(立派になりたいと思えば、いつでもなれるからね。)

Confiteor

昨年の暮、いたたまらぬ事が、三つも重なって起り、私は、字義どおり尻《しり》に火がついた思いで家を飛び出し、湯河原、箱根をあるきまわり、箱根の山を下るときには、旅費に窮して、小田原までてくてく歩こうと決心したのである。路の両側は蜜柑《みかん》畑、数十台の自動車に追い抜かれた。私には四方の山々を見あげることさえできなかった。私はけだもののように面を伏せて歩いた。「自然。」の峻厳《しゅんげん》に息がつまるほどいじめられた。私は、鼻紙のようにくしゃくしゃにもまれ、まるめられ、ぽんと投げ出された工合いであった。

この旅行は、私にとって、いい薬になった。私は、人のちからの佳い成果を見たくて、旅行以来一月間、私の持っている本を、片っぱしから読み直した。法螺《ほら》でない。どれもこれも、私に十頁《ページ》とは読ませなかった。私は、生れてはじめて、祈る気持を体験した。「いい読みものが在るように。いい読みものが在るように。」いい読みものがなかった。二三の小説は、私を激怒させた。内村鑑三の随筆集だけは、一週間くらい私の枕《まくら》もとから消えずにいた。私は、その随筆集から二三の言葉を引用しようと思ったが、だめであった。全部を引用しなければいけないような気がするのだ。これは、「自然。」と同じくらいに、おそろしき本である。

私はこの本にひきずり廻されたことを告白する。ひとつには、「トルストイの聖書。」への反感も手伝って、いよいよ、この内村鑑三の信仰の書にまいってしまった。いまの私には、虫のような沈黙があるだけだ。私は信仰の世界に一歩、足を踏みいれているようだ。これだけの男なんだ。これ以上うつくしくもなければ、これ以下に卑劣でもない。ああ、言葉のむなしさ。饒舌《じょうぜつ》への困惑。いちいち、君のいうとおりだ。だまっていておくれ。そうとも、天の配慮を信じているのだ。御国《みくに》の来《きた》らんことを。(嘘《うそ》から出たまこと。やけくそから出た信仰。)

日本浪曼派の一周年記念号に、私は、以上のいつわらざる、ぎりぎりの告白を書きしるす。これで、だめなら、死ぬだけだ。

頽廃《たいはい》の児、自然の児

太宰治は簡単である。ほめればいい。「太宰治は、そのまま『自然』だ。」とほめてやれ。以上三項目、入院の前夜したためた。このたびの入院は私の生涯を決定した。

II

古典龍頭蛇尾

きのうきょう、狂せんほどに苦しきこと起り、なすところなく額の油汗拭《ぬぐ》うてばかりいたのであるが、この苦しみをよそにして、いま、日本文学に就いての涼しげなる記述をしなければならない。こうしてペンを握ったまま、目を閉じると、からだがぐいぐい地獄へ吸い込まれるような気がして、これではならぬと、うろうろうろうろ走り書きしたるものを左に。

日本文学に就いて、いつわりなき感想をしたためようとしたのであるが、はたせるかな、まごついてしまった。いやらしい、いやらしい、感想の感想の、感想の感想が、鳴戸の渦のようにあとからあとから湧《わ》いて出て、そこら一ぱいにはんらんし、手のつけようもなくなった。この机辺のどろどろの洪水を、たたきころして凝結させ、千代紙細工のように切り張りして、そうして、ひとつの文章に仕立てあげるのが、これまでの私の手段であった。けれども、きょうは、この書斎一ぱいのはんらんを、はんらんのままに掬《すく》いとって、ややもや写してやろうと企てた。きっと、うまくゆくだろう。「伝統。」という言葉の定義はむずかしい。これは、不思議のちからである。ある大学から、ピンポンのたくみなる選手がひとり出るとその大学から毎年、つぎつぎとピンポンの名手があらわれる。伝統のちからであると世人は言う。ピンポン大学の学生であるという矜持《きようじ》が、その不思議の現象の一誘因となって居るのである。伝統とは、自信の歴史であり、日々の自恃《じじ》の堆積《たいせき》である。日本の誇りは、天皇である。日本文学の伝統は、天皇の御製に於《お》いて最も根強い。

五七五調は、肉体化さえされて居る。歩きながら口ずさんでいるセンテンス、ふと気づいて指折り数えてみると、きっと、五七五調である。——ハラガヘッテハ、イクサガデキヌ。ちゃんと形がととのって居る。

思索の形式が一元的であること。すなわち、きっと悟り顔であること。われから惑乱している姿は、たえて無い。一方的観察を固持して、死ぬるとも疑わぬ。真理追及の学徒ではなしに、つねに、達観したる師匠である。かならず、お説教をする。最も写実的なる作家西鶴《さいかく》でさえ、かれの物語のあとさきに、安易の人生観を織り込むことを忘れない。野間清治氏の文章も、この伝統を受けついで居るかのように見える。小説家では、里見弴《とん》氏。中里介山氏。ともに教訓的なる点に於いて、純日本作家と呼ぶべきである。

日本文学は、たいへん実用的である。文章報国。雨乞《ご》いの歌がある。ユウモレスクなるものと遠い。国体のせいである。日本刀をきたえる気持ちで文を草している。一筆三拝。

文章を無為に享楽《きょうらく》する法を知らぬ。やたらに深刻をよろこぶ。ナンセンスの美しさを知らぬ。こ理くつが多くて、たのしくない。お月様の中の小兎をよろこばず、カチカチ山の小兎を愛している。カチカチ山は仇討《あだう》ち物語である。

おばけは、日本の古典文学の粋である。狐の嫁入り。狸《たぬき》の腹鼓《つづみ》。この種の伝統だけは、いまもなお、生彩を放って居る。ちっとも古くない。女の幽霊は、日本文学のサンボルである。植物的である。

日本文学の伝統は、美術、音楽のそれにくらべ、げんざい、最も微弱である。私たちの世代の文学に、どんな工合いの影響を与えているだろう。思いついたままを書きしるす。

答。ちっとも。

私たちの世代にいたっては、その、いとど嫋嫋《じょうじょう》たる伝統の糸が、ぷつんと音たてて切れてしまったかのようである。詩歌の形式は、いまなお五七五調であって、形の完《かん》璧《ぺき》を誇って居るものもあるようだが、散文にいたっては。

抜けるように色が白い、あるいは、飛ぶほどおしろいをつけている、などの日本語は、私たちにとって、異国の言葉のように耳新しく響くのである。たしかに、日本語のひとつひとつが、全く異った生命を持つようになって居るのである。日本語にちがいはないのだけれども、それでも、国語ではない。一語一語のアイデアが、いつの間にか、すりかえられて居るのである。残念である、というなんでもない一言でさえ、すでに異国語のひびきを伝えて居るのだ。ひとつのフレエズに於いてさえ、すでにこのように質的変化が行われている。

病トロツキイが、死都ポンペイを見物してあるいているニュウス映画を見たことがある。涙が出たくらいに、あわれであった。私たちの古典に対する、この光景と酷似して居る。源氏物語自体が、質的にすぐれているとは思われない。源氏物語と私たちとの間に介在する幾百年の風雨を思い、そうしてその霜や苔《こけ》に被《おお》われた源氏物語と、二十世紀の私たちとの共鳴を発見して、ありがたくなって来るのであろう。いまどき源氏物語を書いたところで、誰もほめない。

日本の古典から盗んだことがない。私は、友人たちの仲では、日本の古典を読んでいるほうだとひそかに自負しているのであるが、いまだいちども、その古典の文章を拝借したことがない。西洋の古典からは、大いに盗んだものであるが、日本の古典は、その点ちっとも用に立たぬ。まさしく、死都である。むかしはここで緑酒を汲《く》んだ。菊の花を眺めた。それを今日の文芸にとりいれて、どうのこうのではなしに、古典は、古典として独自のたのしみがあり、そうして、それだけのものであろう。かぐや姫をレビュウにしたそうであるが、失敗したにちがいない。

日本の古典文学の伝統が、もっとも香気たかくしみ出ているものに、名詞がある。幾百年の永いとしつき、幾百万人の日本の男女の生活を吸いとって、てかてか黒く光っている。これだけは盗めるのである。野は、あかねさすむらさき野。島は、浮島《うきしま》、八十島《やそしま》。浜は長浜《ながはま》。浦は、生《おう》の浦、和歌の浦。寺は、壺坂《つぼさか》、笠置《かさぎ》、法輪。森は、忍《しのび》の森、仮寝《うたたね》の森、立聞《たちぎき》の森。関は、なこそ、白川。古典ではないが、着物の名称など。黄八丈、蚊がすり、藍《あい》みじん、麻の葉、鳴海《なるみ》しぼり。かつて実物を見たことがなくても、それでも、模様が、ありありと眼に浮ぶから不思議である。これをこそ、伝統のちからというのであろう。

すこし調子が出て来たぞと思ったら、もう八枚である。指定の枚数である。ふたたび、現実の重苦しさが襲いかかる。読みかえしてみたら、甚だわけのわからぬことが書かれてある。しどろもどろの、朝令暮改。こんなものでいいのかしら。何か気のきいた言葉でもって結びたいのだが、少し考えさせて下さい。

いよいよだめだ。これでおしまいだ。おゆるし下さい。私は小説を書きたいのです。

悶《もん》悶《もん》日記

月　日。

郵便受箱に、生きている蛇を投げ入れていった人がある。憤怒。日に二十度、わが家の郵便受箱を覗《のぞ》き込む売れない作家を、嘲《あざけ》っている人の為《な》せる仕業にちがいない。気色あしくなり、終日、臥床《がしょう》。

月　日。

苦悩を売物にするな、と知人よりの書簡あり。

月　日。

工合いわるし。血痰《けったん》しきり。ふるさとへ告げやれども、信じて呉《く》れない様子である。庭の隅、桃の花が咲いた。

月　日。

百五十万の遺産があったという。いまは、いくらあるか、かいもく、知れず。八年前、除籍された。実兄の情に依《よ》り、きょうまで生きて来た。これから、どうする？　自分で生活費を稼ごうなど、ゆめにも思うたことなし。このままなら、死ぬるよりほかに路《みち》がない。この日、濁ったことをしたので、ざまを見ろ、文章のきたなさ下手くそ。

檀一雄氏来訪。檀氏より四十円を借りる。

月　日。

短篇集「晩年」の校正。この短篇集でお仕舞いになるのではないかしらと、ふと思う。それにきまっている。

月　日。

この一年間、私に就いての悪口を言わなかった人は、三人？　もっと少ない？　まさか？

月　日。
姉の手紙。
「只今、金二十円送りましたから受け取って下さい。何時《いつ》も御金のさいそくで私もほんとに困って居ります。母にも言うにいわれないし、私の所からばかりなのですから、ほんとうにこまって居ります。母も金の方は自由でないのです。(中略。)御金は粗末にせずにしんぼうして使わないといけません。今では少しでも雑誌社の方から、もらって居るでしょう。あまり、人をあてにせずに一所けんめいしんぼうしなさい。何でも気をつけてやりなさい。からだに気をつけて、友達にあまり附き合ない様にしたほうが良いでしょう。皆に少しでも安心させる様にしなさい。(後略。)」

月　日。
終日、うつら、うつら。不眠が、はじまった。二夜。今宵《こよい》、ねむらなければ、三夜。

月　日。
あかつき、医師のもとへ行く細道。きっと田中氏の歌を思い出す。このみちを泣きつつわれの行きしこと、わが忘れなば誰か知るらむ。医師に強要して、モルヒネを用う。
　ひるさがり眼がさめて、青葉のひかり、心もとなく、かなしかった。丈夫になろうと思いました。

　月　日。
　恥かしくて恥かしくてたまらぬことの、そのまんまんなかを、家人は、むぞうさに、言い刺した。飛びあがった。下駄はいて線路！　一瞬間、仁王立ち。七輪蹴《け》った。バケツ蹴飛ばした。四畳半に来て、鉄びん障子に。障子のガラスが音たてた。ちゃぶ台蹴った。壁に醤油。茶わんと皿。私の身がわりになったのだ。これだけ、こわさなければ、私は生きて居れなかった。後悔なし。

　月　日。
　五尺七寸の毛むくじゃら。含羞《がんしゅう》のために死す。そんな文句を思い浮べ、ひとりでくすくす笑った。

　月　日。

山岸外史氏来訪。四面そ歌だね、と私が言うと、いや、二面そ歌くらいだ、と訂正した。美しく笑っていた。

月　日。

語らざれば、うれい無きに似たり、とか。ぜひとも、聞いてもらいたいことがあります。いや、もういいのです。ただ、——ゆうべ、一円五十銭のことで、三時間も家人と言い争いいたしました。残念でなりません。

月　日。

夜、ひとりで便所へ行けない。うしろに、あたまの小さい、白ゆかたを着た細長い十五六の男の児が立っている。いまの私にとって、うしろを振りむくことは、命がけだ。たしかに、あたまの小さい男がいる。山岸外史氏の言うには、それは、私の五、六代まえの人が、語るにしのびざる残忍を行うからだ、と。そうかも知れない。

月　日。

小説かきあげた。こんなにうれしいものだったかしら。読みかえしてみたら、いいものだ。二三人の友人へ通知。これで、借銭をみんなかえせる。小説の題、「白猿狂乱。」

走ラヌ名馬

何ヲ書コウトイウ、アテ無クシテ、イワバオ稲荷《イナリ》サンノ境内ニポカント立ッテイテ、面白クモナイ絵馬眺メナガラ、ドウシヨウカナア、ト心定マラズ、定マラヌママニ、フラフラ歩キ出シテ、腐リカケタル杉ノ大木、根株ニマツワリ、ヘバリツイテイル枯レタ蔦《ツタ》一スジヲ、ステッキデパリパリ剝《ハ》ギトリ、ベッダン深キ意味ナク、ツギニハ、エイット大声、狐ノ石像ニ打ッテカカッテ、コレマタ、ベッダン高イ思念ノ故《ユエ》デナイ。ユライ芸術トハ、コンナモノサ、譬喩《タトエバナシ》デモナシ、修養ノ糧《カテ》デモナシ、キザナ、メメシイ、売名ノ徒ノ仕事ニチガイナイノダ、ト言ワレテ、カエス言葉ナシ、素直ニ首肯、ソット爪《ツマ》サキ立チ、夕焼ノ雲ヲ見ツメル。

アナタノ小説、友人ヨリ雑誌借リテ読ミマシタガ、アレハ、ツマリ、一言モッテ覆エバ、ドンナコトニナルカ、ト詰問《キツモン》サレルコト再三、ソノタビゴトニ悲シク、一言デ言エルコトナラ、一言デ言イマス、アレハアレダケノモノデ、ホカニ言イ様ゴザイマセヌ、以後、ボクノ文章読マナイデ下サイ。

千代紙貼《ハ》リマゼ、キレイナ小箱、コレ、何スルノ？　ナンニモシナイ、コレダケノモノ、キレイデショ？

花火一パツ、千円以上、ワザワザ川デ打チアゲテ何スルノ？

着物、ハダカヲ包メバ、ソレデイイ、柄モ、布地モ、色合イモ、ミンナ意味ナイ、二十五歳ノ男児、一夜、真紅ノ花模様、シカモチリメンノ袷《アワセ》着テ、スベテ着物ニカワリナシ、何ガオカシイ。

アワレ美事！　ト屋根ヤブレルホドノ大喝采《カッサイ》、ソレモ一瞬ノチニハ跡ナク消エル喝采、ソレガ、ホシクテ、ホシクテ、一万円、二万円、モットタクサン投資シタ。昔、昔、ギリシャ詩人タチ、ソレカラ、ボオドレエル、ヴェルレエヌ、アノ狡《ズル》イ爺《ジイ》サンゲエテ閣下モ、アア、忘レルモノカ芥川《アクタガワ》龍之介先生ハ、イノチ迄《マデ》。

ケレドモ、所詮《ショセン》、有閑ノ文字、無用ノ長物タルコト保証スル、飽食暖衣ノアゲクノ果ニ咲イタ花、コノ花ビラハ煮テモ食エナイ、飛バナイ飛行機、走ラヌ名馬、毛並ミツヤツヤ、丸々フトリ、イツモ狸寝、傍《ソバ》ニハ一冊ノ参考書モナケレバ、辞書ノカゲサエナイヨウダ、コレガ御自慢、ペン一本ダケ、ソレカラ特製華麗ノ原稿用紙、ソロソロ、オ約束ノ三枚、三枚、ナンノ意味モナイ、ズイブンスグレタ文章ナノニ、ワカラヌ奴ニハ、死ヌマデワカラヌ。シカタノナイコト。

音に就いて

文字を読みながら、そこに表現されてある音響が、いつまでも耳にこびりついて、離れないことがあるだろう。高等学校の頃に、次のような事を教えられた。マクベスであったか、ほかの芝居であったか、しらべてみれば、すぐ判《わか》るが、いまは、もの憂《う》く、とにかくシェクスピア劇のひとつであることは間違いない、とだけ言って置いて、その芝居の人殺しのシイン、寝室でひそかにしめ殺して、ヒロオも、われも、瞬時、ほっと重くるしい溜息《ためいき》。額の油汗拭《ぬぐ》わんと、ぴくとわが硬直の指うごかした折、とん、とん、部屋の外から誰やら、ドアをノックする。ヒロオは、恐怖のあまり飛びあがった。ノックは、無心に、つづけられる。とん、とん、とん。ヒロオは、その場で気が狂ったか、どうか、私はその後の筋書を忘れてしまった。

油地獄にも、ならずものの与兵衛とかいう若い男が、ふとしたはずみで女を、むごたらしく殺してしまって、その場に茫然《ぼうぜん》立ちつくしていると、季節は、ちょうど五月、まちは端午の節句で、その家の軒端《のきば》の幟《のぼり》が、ばたばたばたばたと、烈風にはためいている音が聞えて淋しいとも侘《わ》びしいとも与兵衛が可愛《かわい》そうでならなかった。五人女にも、於七《おしち》が吉三のところへ夜決心してしのんで行って、突如、からからと鈴の音、たちまち小僧に、あれ、おじょうさんは、よいことを、と叫ばれ、ひたと両手合せて小僧にたのみいる、ところがあったと覚えているが、あの思わざる鈴の音には読むものすべて、はっと魂消したにちがいない。

まだ誰も邦訳していないようだが、プロフェッサアという小説、作者は女のひと、別なもう一つの長篇小説で、なにかの文庫で日本にその名を紹介せられた筈《はず》であるが、その作者の名も、その長篇小説の名も、その文庫の名もすべて、いますぐ思い出せない。これとて、しらべてみれば、判るのだが、いま、その必要を認めない。プロフェッサアという小説は、さる田舎の女学校の出来事を叙したものであって、放課後、余人ひとりいないガランとした校舎、たそがれ、薄暗い音楽教室で、男の教師と、それから主人公のかなしく美しい女のひとと、ふたりきりひそひそ世の中の話を語っているのであるが、秋風が無人の廊下をささと吹き過ぎて、いずこか遠い扉が、ばたん、と音たてる。いよいよ森閑として、読者は、思わずこの世のくらしの侘びしさに身ぶるいをする、という様な仕組みになっていた。

同じ扉の音でも、まるっきり違った効果を出す場合がある。これも作者の名は、忘れた。イギリスのブルウストッキングであるということだけは、間違いないようだ。ランタアンという短篇小説である。たいへん難渋の文章で、私は、おしまいまで読めなかった。神魂かたむけて書き綴《つづ》った文章なのであろう。細民街のぼろアパアト、黄《こう》塵《じん》白日、子らの喧噪《けんそう》、バケツの水もたちまちぬるむ炎熱、そのアパアトに、気の毒なヘロインが、堪えがたい焦躁《しょうそう》に、身も世もあらず、もだえ、のたうちまわっているのである。隣りの部屋からキンキン早すぎる回転の安蓄音器が、きしりわめく。私は、そこまで読んで、息もたえだえの思いであった。

ヘロインは、ふらふら立って鎧扉《よろいど》を押しあける。かっと烈日、どっと黄塵。からっ風が、ばたん、と入口のドアを開け放つ。つづいて、ちかくの扉が、ばたんばたん、ばたんばたん、十も二十も、際限なく開閉。私は、ごみっぽい雑巾で顔をさかさに撫《な》でられたような思いがした。みな寝しずまったころ、三十歳くらいのヘロインは、ランタアンさげて腐りかけた廊下の板をぱたぱた歩きまわるのであるが、私は、いまに、また、どこか思わざる重い扉が、ばたあん、と一つ、とてつもない大きい音をたてて閉じるのではなかろうかと、ひやひやしながら、読んでいった。

ユリシイズにも、色様々の音が、一杯に盛られてあった様に覚えている。音の効果的な適用は、市井《しせい》文学、いわば世話物に多い様である。もともと下品なことにちがいない。それ故にこそ、いっそう、恥かしくかなしいものなのであろう。聖書や源氏物語には音はない。全くのサイレントである。

思案の敗北

ほんとうのことは、あの世で言え、という言葉がある。まことの愛の実証は、この世の、人と人との仲に於いては、ついに、それと指定できないものなのかもしれない。人は、人を愛することなど、とても、できない相談ではないのか。神のみ、よく愛し得る。まことか？

みなよくわかる。君の、わびしさ、みなよくわかる。これも、私の傲慢《ごうまん》の故であろうか？　何も言えない。

中谷孝雄氏の「春の絵巻」出版記念宴会の席上で、井伏氏が低い声で祝辞を述べる。「質実な作家が、質実な作家として認められることは、これは、大変なことで、」語尾が震えていた。

たまに、すこし書くのであるから、充分、考えて考えて書かなければなるまい。ナンセンス。

カントは、私に考えることのナンセンスを教えて呉れた。謂《い》わば、純粋ナンセンスを。

いま、ふと、ダンディスムという言葉を思い出し、そうしてこの言葉の語根は、ダンテというのではなかろうか、と多少のときめきを以て、机上の辞書を調べたが、私の貧しい英和中辞典は、なんにも教えて呉れなかった。ああ、ダンテのつよさを持ちたいものだ。否《いな》、持たなければならない。君も、私も。

ダンテは、地獄の様々の谷に在る数しれぬ亡者《もうじゃ》たちを、ただ、見て、とおった。

人は、人を救うことができない。まことか？

何を書こうか。こんな言葉は、どうだ。「愛は、この世に存在する。きっと、在る。見つからぬのは、愛の表現である。その作法である。」

泣き泣きX光線は申しました。「私には、あなたの胃袋や骨組だけが見えて、あなたの白い膚《はだ》が見えません。私は悲しいめくらです。」などと、これは、読者へのサーヴィス。作家たるもの、なかなか多忙である。

ルソオの懺悔《ざんげ》録《ろく》のいやらしさは、その懺悔録の相手の、(誰か、まえに書いたかな?)神ではなくて、隣人である、というところに在る。世間が相手である。オーガスチンのそれと思い合わせるならば、ルソオの汚さは、一層明瞭《めいりよう》である。けれども、人間の行い得る最高至純の懺悔の形式は、かのゲッセマネの園に於ける神の子の無言の拝跪《はいき》の姿である、とするならば、オーガスチンの懺悔録もまた、俗臭ふんぷんというごとになるであろう。みな、だめである。ここに言葉の運命がある。

安心するがいい。ルソオも、オーガスチンも、ともに、やさしい人である。人として、能《あた》うかぎり、ぎりぎりの仕事を為《な》した。

私は、いま、ごまかそうとしている。なぜ、ルソオの懺悔録が、オーガスチンのそれより世人に広く読まれているか、また読まれて当然であるか。

答えて曰《いわ》く、言うだけ野暮さ。ほんとうだよ、君。

宿題ひとつ。「私小説と、懺悔。」

こう書きながら、私は、おかしくてならない。八百屋の小僧が、いま若旦那から聞いて来たばかりの、うろ覚えの新知識を、お得意さきのお鍋《なべ》どんに、鹿爪《しかつめ》らしく腕組して、こんこんと説き聞かせているふうの情景が、眼前に浮んで来たからである。けれども、とまた、考える。その情景、なかなかいいじゃないか。

どうも、ねえ。いちど笑うと、なかなか、真面目《まじめ》な顔に帰れないもので、ねえ、てのひらを二つならべて一掬《きく》の水を貯《たくわ》え、その掌中の小池には、たくさんのおたまじゃくしが、ぴちゃぴちゃ泳いでいて、どうにも、くすぐったく、仁王立ちのまま、その感触にまいっている、そんな工合いの形である。

いままで書いて来たところを読みかえそうと思ったのであるが、それは、やめて、(もう笑ってはいない。)私の一友人が四五日まえ急に死亡したのであるが、そのことに就いて、ほんの少し書いてみる。私は、この友人を大事に、大事にしていた。気がひけて、これは言い難い言葉であるが、「風にもあてず」いたわって育てた。それが、私への一言の言葉もなく、急死した。私は、恥ずかしく思う。私の愛情の貧しさを恥ずかしく思うのである。おのれの愛への自惚《うぬぼ》れを恥ずかしく思うのである。その友人は、その御両親にさえ、一ことも、言わなかった。私でさえこんなに恥ずかしいのだから、御両親の恥ずかしさは、くるしさは、どんなであろう。

権威を以《もっ》て命ずる。死ぬるばかり苦しき時には、汝《なんじ》の母に語れ。十たび語れ。千たび語れ。

千たび語りても、なお、母は巌《いわお》の如《ごと》く不動ならば、――ばかばかしい、そんなことないよ、何をそんなに気張っているのだ、親子は仲良くしなくちゃいけない、あたりまえの話じゃないか。人の力の限度を知れ。おのれの力の限度を語れ。

私は、いま、多少、君をごまかしている。他なし、君を死なせたくないからだ。君、たのむ、死んではならぬ。自ら称して、盲目的愛情。君が死ねば、君の空席が、いつまでも私の傍に在るだろう。君が生前、腰かけたままにやわらかく窪《くぼ》みを持ったクッションが、いつまでも、私の傍に残るだろう。この人影のない冷い椅子《いす》は、永遠に、君の椅子として、空席のままに存続する。神も、また、この空席をふさいで呉れることができないのである。ああ、私の愛情は、私の盲目的な虫けらの愛情は、なんということだ、そっくり我執の形である。

路《みち》を歩けば、曰く、「惚《ほ》れざるはなし。」みんなのやさしさ、みんなの苦しさ、みんなのわびしさ、ことごとく感取できて、私の辞書には、「他人」の文字がない有様。誰でも、よい。あなたとならば、いつでも死にます。ああ、この、だらしない恋情の氾濫《はんらん》。いったい、私は、何者だ。「センチメンタリスト。」おかしくもない。

ことしの春、妻とわかれて、私は、それから、いちど恋をした。その相手の女のひとは、私を拒否して、言うことには、「あなたは、私ひとりのものにするには、よすぎます。」私は、あわてて失恋の歌を書き綴った。以後、女は、よそうと思った。

何もない。失うべき、何もない。まことの出発は、ここから？（苦笑。）

笑い。これは、つよい。文化の果の、花火である。理智も、思索も、数学も、一切の教養の極致は、所詮、抱腹絶倒の大笑いに終る、としたなら、ああ、教養は、――なんて、やっぱりそれに、こだわっているのだから、大笑いである。

もっとも世俗を気にしている者は、芸術家である。

約束の枚数に達したので、ペンを置き、梨の皮をむきながら、にがり切って、思うことには、「こんなのじゃ、仕様がない。」

創作余談

創作余談、とでもいったものを、と編輯者《へんしゅうしゃ》からの手紙にはしるされて在った。それは多少、てれくさそうな語調であった。そう言われて、いよいよてれくさいのは、作者である。この作者は、未だほとんど無名にして、創作余談とでもいったものどころか、創作それ自体をさえ見失いかけ、追いかけ、思案し、背中むけ、あるいは起き直り、読書、たちまち憤激、巷《ちまた》を彷徨《ほうこう》、歩きながら詩一篇などの、どうにもお話にならぬ甘ったれた文学書生の状態ゆえ、創作余談、はいそうですか、と、れいの先生らしい苦心談もっともらしく書き綴《つづ》る器用の真似《まね》はできぬのである。

できるようにも思うのであるが、私は、わざと、できぬ、という。無理にも、そう言う。文壇常識を破らなければいけないと頑固に信じているからである。常識は、いいものである。これには従わなければいけない。けれども常識は、十年ごとに飛躍する。私は、人の世の諸現象の把握については、ヘエゲル先生を支持する。

ほんとうは、マルクス、エンゲルス両先生を、と言いたいところでもあろうが、いやいや、レニン先生を、と言いたいところでもあろうが、この作者、元来、言行一致ということに奇妙なほどこだわっている男で、いやいや、そう言ってもいけない、この作者、元来、悲惨を愛する趣味家であって、安心立命の境地を目して、すべて崩壊の前提となし、ああ、あとの言葉は、諸兄のうち、心ある者、つづけ給え。

このように、作者は、ものぐさである。ずるい。煮ても焼いても食えない境地にまで達しているようである。憎いか？

憎いことはないだろう。私は、いまのこの世の中に最も適した表現を以て、諸兄に話かけているだけなのである。私は、いまのこの現実を愛する。冗談から駒《こま》の出る現実を。

判《わか》るかね？　不愉快かね？

君自身、おのれの不愉快な存在であることに気づかなければいけない。君は、無力だ。

非難は、自身の弱さから。いたわりは、自身の強さから。恥じるがいい。

自己弁解でない文章を読みたい。

作家というものは、ずいぶん見栄坊であって、自分のひそかに苦心した作品など、苦心しなかったようにして誇示したいものだ。

私は、私の最初の短篇集『晩年』二百四十一頁《ページ》を、たった三夜で書きあげた、といったら、諸兄は、どんな顔をするだろう。また、あれには十年たっぷりかかりまして、と殊勝らしく伏眼でいったら、諸兄は、どんな顔をするだろう。そこの態度を、はっきりきめていただきたい。天才の奇蹟《きせき》か、もしくは、犬馬の労か。合《あ》い憎《にく》のことには、私の場合、犬馬の労もなにも、興ざめの言葉で恐縮であるが、人糞《じんぷん》の労、汗水流して、やっと書き上げた二百なにがしの頁であった。それも、決して独力で、とは言わない。数十人の智慧《ちえ》ある先賢に手をとられ、ほとんど、いろはから教えたたかれて、そうして、どうやら一巻、わななくわななく取りまとめた。

面白いかね？

すこし冗談いいすぎたようである。私は、いま、机のまえに端座して、謂《い》わば、こわい顔して、この一文をしたためている。この一文にとりかかるため、私は、三夜、熟考した筈《はず》である。世間の常識ということについて考えていた。私たちは、全く、次の時代の作家である。それは信じなければいけない。そう在るべく努力してみなければいけない。意の在るところの一端は、諸兄にも通じたように思う。

私は、このごろ、アレキサンダア・デュマの作品を読んでいる。

「晩年」に就いて

「晩年」は、私の最初の小説集なのです。もう、これが、私の唯一《ゆいいつ》の遺著になるだろうと思いましたから、題も、「晩年」として置いたのです。

読んで面白い小説も、二、三ありますから、おひまの折に読んでみて下さい。

私の小説を、読んだところで、あなたの生活が、ちっとも楽になりません。ちっとも偉くなりません。なんにもなりません。だから、私は、あまり、おすすめできません。

「思い出」など、読んで面白いのではないでしょうか。きっと、あなたは、大笑いしますよ。それでいいのです。「ロマネスク」なども、滑稽《こっけい》な出鱈目《でたらめ》に満ち満ちていますが、これは、すこし、すさんでいますから、あまり、おすすめできません。

こんど、ひとつ、ただ、わけもなく面白い長篇小説を書いてあげましょうね。いまの小説、みな、面白くないでしょう？

やさしくて、かなしくて、おかしくて、気高くて、他に何が要るのでしょう。

あのね、読んで面白くない小説はね、それは、下手な小説なのです。こわいことなんかない。面白くない小説は、きっぱり拒否したほうがいいのです。

みんな、面白くないからねえ。面白がらせようと努めて、いっこう面白くもなんともない小説は、あれは、あなた、なんだか死にたくなりますね。

こんな、ものの言いかたが、どんなにいやらしく響くか、私、知っています。それこそ人をばかにしたような言いかたかもわからぬ。

けれども私は、自身の感覚をいつわることができません。くだらないのです。いまさら、あなたに、なんにも言いたくないのです。

激情の極には、人は、どんな表情をするでしょう。無表情。私は微笑の能面になりました。いいえ、残忍のみみずくになりました。こわいことなんかない。私も、やっと世の中を知った、というだけのことなのです。

「晩年」お読みになりますか？　美しさは、人から指定されて感じいるものではなくて、自分で、自分ひとりで、ふっと発見するものです。「晩年」の中から、あなたは、美しさを発見できるかどうか、それは、あなたの自由です。読者の黄金権です。だから、あまりおすすめしたくないのです。わからん奴には、ぶん殴ったって、こんりんざい判りっこないんだから。

もう、これで、しつれいいたします。私はいま、とっても面白い小説を書きかけているので、なかば上《うわ》の空で、対談していました。おゆるし下さい。

一日の労苦

一月二十二日。

日々の告白という題にしようつもりであったが、ふと、一日の労苦は一日にて足れり、という言葉を思い出し、そのまま、一日の労苦、と書きしたためた。

あたりまえの生活をしているのである。かくべつ報告したいこともないのである。

舞台のない役者は存在しない。それは、滑稽である。

このごろだんだん、自分の苦悩について自惚《うぬぼ》れを持って来た。自嘲《じちよう》し切れないものを感じて来た。生れて、はじめてのことである。自分の才能について、明確な客観的把握を得た。自分の知識を粗末にしすぎていたということにも気づいた。こんな男を、いつまでも、ごろごろさせて置いては、もったいない、と冗談でなく、思いはじめた。生れて、はじめて、自愛という言葉の真意を知った。エゴイズムは、雲散霧消している。

やさしさだけが残った。このやさしさは、ただものでない。ばか正直だけが残った。

これも、ただものでない。こんなことを言っている、おめでたさ、これも、ただものでない。

その、ただものでない男が、さて、と立ちあがって、何もない。為《な》すべきことが何もない。手がかり一つないのである。苦笑である。

発表をあきらめて、仕事をしているというのは、これは、作者の人のよさではない。これは、悪魔以上である。なかなか、おそろしいことである。

くだらないことばかり言っている。訪客あきれて、帰り支度をはじめる。べつに引きとめない。孤独の覚悟も、できている筈だ。

もっともっとひどい孤独が来るだろう。仕方がない。かねて腹案の、長い小説に、そろそろ取りかかる。

いやらしい男さ。このいやらしさを恐れてはならない。私は私自身のぶざまに花を咲かせ得る。かつて、排除と反抗は作家修行の第一歩であった。きびしい潔癖を有難いものに思った。完成と秩序をこそあこがれた。そうして、芸術は枯れてしまった。サンボリスムは、枯死の一瞬前の美しい花であった。ばかどもは、この神棚の下で殉死した。私もまた、おくればせながら、この神棚の下で凍死した。死んだつもりでいたのだが、この首筋ふとき北方の百姓は、何やらぶつぶつ言いながら、むくむく起きあがった。大笑いになった。百姓は、恥ずかしい思いをした。

百姓は、たいへんに困った。一時は、あわてて死んだふりなどしてみたが、すべていけないのである。

百姓は、くるしい思いをした。誰にも知られぬ、くるしい思いをした。この懊悩《おうのう》よ、有難う。

私は、自身の若さに気づいた。それに気づいたときには、私はひとりで涙を流して大笑いした。

排除のかわりに親和が、反省のかわりに、自己肯定が、絶望のかわりに、革命が。すべてがぐるりと急転廻した。私は、単純な男である。

浪曼《ろうまん》的完成もしくは、浪曼的秩序という概念は、私たちを救う。いやなもの、きらいなものを、たんねんに整理していちいちこれの排除に努力しているうちに日が暮れてしまった。ギリシャをあこがれてはならない。これはもう、はっきりこの世に二度と来ないものだ。これは、あきらめなければいけない。これは、捨てなければいけない。ああ、古典的完成、古典的秩序、私は君に、死ぬるばかりのくるしい恋着の思いをこめて敬礼する。そうして、言う。さようなら。

むかし、古事記の時代に在っては、作者はすべて、また、作中人物であった。そこに、なんのこだわりもなかった。日記は、そのまま小説であり、評論であり、詩であった。

ロマンスの洪水の中に生育して来た私たちは、ただそのまま歩けばいいのである。一日の労苦は、そのまま一日の収穫である。「思ひ煩《わづら》ふな。空飛ぶ鳥を見よ。播《ま》かず。刈らず。蔵に収めず。」

骨のずいまで小説的である。これに閉口してはならない。無性格、よし。卑屈、結構。女性的、そうか。復讐心《ふくしゅうしん》、よし。お調子もの、またよし。怠惰、よし。変人、よし。化物、よし。古典的秩序へのあこがれやら、訣別《けつべつ》やら、何もかも、みんなもらって、ひっくるめて、そのまま歩く。ここに生長がある。ここに発展の路《みち》がある。称して浪曼的完成、浪曼的秩序。これは、まったく新しい。鎖につながれたら、鎖のまま歩く。十字架に張りつけられたら、十字架のまま歩く。牢屋《ろうや》にいれられても、牢屋を破らず、牢屋のまま歩く。笑ってはいけない。私たち、これより他に生きるみちがなくなっている。いまは、そんなに笑っていても、いつの日にか君は、思い当る。あとは、敗北の奴隷《どれい》か、死滅か、どちらかである。

言い落した。これは、観念である。心構えである。日常坐臥《ざが》は十分、聡明《そうめい》に用心深く為すべきである。

君の聞き上手に乗せられて、うっかり大事をもらしてしまった。これは、いけない。多少、不愉快である。

君に聞くが、サンボルでなければものを語れない人間の、愛情の細かさを、君、わかるかね。

どうも、たいへん、不愉快である。多少でも、君にわからせようと努めた、私自身の焦慮に気づいて、私は、こんなに不機嫌になってしまった。私自身の孤独の破綻《はたん》が不愉快なのである。こうなって来ると、浪曼的完成も、自分で言い出して置きながら、十分あやしいものである。とたんに声あり、そのあやしさをも、ひっくるめて、これを浪曼的完成と称するのである。

私は、ディレッタントである。物好きである。生活が作品である。しどろもどろである。私の書くものが、それがどんな形式であろうが、それは、きっと私の全存在に素直なものであった筈である。この安心は、たいしたものだ。すっかり居直ってしまった形である。自分ながらあきれている。どうにも、手のつけようがない。

ひとつ君を、笑わせてあげよう。これは小声で言うことであるが、どうも私は、このごろ少し太りすぎてしまいまして。

できすぎてしまった。図体が大きすぎて、内々、閉口している。晩成すべき大器かも知れぬ。一友人から、銅像演技《スタチュ・プレイ》という讃辞《さんじ》を贈られた。恰好《かっこう》の舞台がないのである。舞台を踏み抜いてしまう。野外劇場はどうか。俳優で言えば、彦三郎、などと、訪客を大いに笑わせて、さてまた、小声で呟《つぶや》くとには、「悪魔《サタン》はひとりすすり泣く。」この男、なかなか食えない。作家は、ロマンスを書くべきである。

多頭蛇哲学

事態がたいへん複雑になっている。ゲシュタルト心理学が持ち出され、全体主義という合言葉も生れて、新しい世界観が、そろそろ登場の身仕度を始めた。古いノオトだけでは、間に合わなくなって来た。文化のガイドたちは、またまた図書館通いを始めなければなるまい。まじめに。

全体主義哲学の認識論に於いて、すぐさま突き当る難関は、その認識確証の様式であろう。何に依《よ》って表示するか。言葉か。永遠にパンセは言葉にたよる他、仕方ないものなのか。音はどうか。アクセントはどうか。色彩はどうか。模様はどうか。身振りはどうか。顔の表情では、いけないか。眼の動きにのみたよるという法はどうか。採用可能の要素がないか。しらべて呉《く》れ。

いけないか。一つ一つ入念にしらべてみたか。いや、いちいちその研究発表を、いま、ここで、せずともよい。いずれ、大論文にちがいない。そうして、やっぱり、言葉でなければいけないか。音ではだめか。アクセントでは、だめか。色彩では、だめか。みんな、だめか。言葉にたよる他、全体認識の確証を示すことができないのか。言葉より他になかったとしたなら、この全体主義哲学は、その認識論に於いて、たいへん苦労をしなければなるまい。だいいち、全体主義そのものを、どんな様式で説明したらいちばんよいか。やはり、いままでの思想体系の説明と同じように、煩瑣《はんさ》をいとわず逐条説明とするか。それでは、せっかくのゲシュタルトも、なんにもなるまい。案外、こんなところに全体主義の困惑があるのではないか。

さあ、なんと言っていいか。わからないかねえ。あれなんだがねえ。あれだよ。わからないかねえ。なんといっていいのか、ちょっと僕にも、などと、ひとりで弱っている姿を見ると、聞き手のほうでも、いい加減じれったくなって来る。近衛公が議会で、日本主義というのは、なんですか？　と問われて、さあ、それは、一口でこうと説明は、どうも、その、と大いに弱っていたようであったが、むりもないことと思った。

象徴で行け。象徴で。

そうなったら面白い。

「日本主義とはなんでありますか？」

「柿です。」この柿には意味がない。

「柿ですか。それは、おどろいた。せめて、窓ぐらいにしてもらいたい。」

まさか、こんなばかげた問答は起るまいが、けれどもこの場合の柿にしろ、窓にしろ、これこれだからこうだ、という、いわば二段論法的な、こじつけではないわけだ。皮肉や諷刺《ふうし》じゃないわけだ。そんないやらしい隠れた意味など、寸毫《すんごう》もないわけだ。柿は、こんな大きさで、こんな色をして、しかも秋に実るものであるから、これこれの意味であろうなど、ああ死ぬるほどいやらしい。象徴と譬喩《ひゆ》と、どうちがうか、それにさえきょとんとしている人がたまにはあるのだから、言うのに、ほんとに骨が折れる。

この認識論は、多くの詩人を、よろこばせるにちがいない。だいいち、めんどうくさくなくていい。理性や知性の純粋性など、とうに見失っているらしく、ただくらげのように自分の皮膚感触だけを信じて生きている人間たちにとっては、なかなか有難い認識論である。ひとつ研究会でも起すか。私もいれてもらいます。

自分の世界観をはっきり持っていなくても、それでも生きて居れる人は、論外である。そうでなくて、自分の哲学的思想体系を、ちゃんと腹に収めてからでなければ、どんな行動も起し得ない種類の人間も、たくさんあることと思う。アンチテエゼの成立が、その成立の見透しが、甚だややこしく、あいまいになって来て、自己のかねて隠し持ったる唯物論的弁証法の切れ味も、なんだか心細くなり、狼狽《ろうばい》して右往左往している一群の知識人のためにも、この全体主義哲学は、その世界観、その認識論を、ためらわず活潑《かっぱつ》に展開させなければなるまい。未完成であると思う。それだけ努力のし甲斐《がい》があろう。

日本には、哲学として独立し体系づけられて在る思想は少い。いろはがるたや、川柳や、論語などに現わされている日常倫理の戒律だけでは、どうも生き難い。学術の権威のためにも、マルキシズムにかわる新しい認識論を提示しなければなるまい。ごまかしては、いけない。

これから文化人は、いそがしくなると思う。古いノオトのちりを吹き払って、カントやヘエゲルやマルクスを、もういちど読み直して、それから、酒をつつしんで新しい本も買いたい。やはり弁証法に限る、と惚《ほ》れ直すかも知れない。そうでないかも知れない。もっともっと勉強してみてからでなければわかるまい。とにかく、自分の持っている認識論にもっと確信を持ちたいのであろう。

にこりともせず、まじめに講義したい気持ちは、ある。けれども、多少、てれる、この感触は、いつわることができない。ゲシュタルト心理学や、全体主義哲学に就いて、知っているところだけでも講義しなければならなかった。これだけでは、読者、なんのことかわかるまい。いけなかった。

答案落第

「小説修業に就いて語れ。」という出題は、私を困惑させた。就職試験を受けにいって、小学校の算術の問題を提出されて、大いに狼狽している姿と似ている。円の面積を算出する公式も、鶴亀算の応用問題の式も、甚だ心もとなくいっそ代数でやればできるのだが、などと青息吐息の態《てい》とやや似ている。

いろいろ複雑にくすぐったく、私は、恥ずかしい思いである。

スタートラインに並んで、未《ま》だ出発の合図のピストルの打ち鳴らされぬまえに飛び出し、審判の制止の声も耳にはいらず、懸命にはしってはしってついに百米《メートル》、得意満面ゴールに飛び込み、さて写真班のフラッシュ待ちかまえ、にっと笑ってみるのだが、少し様子がちがって、一つの喝采《かっさい》もなし、満場の人、みな気の毒そうにその選手の顔を見ている。選手はじめて、はっとおのれの失敗に気づいて、恥ずかしいとも、くるしいとも、なんとも、どうも話にならない。

ふたたび私は、すごすご出発点に引返して、全身くたくたに疲れ、ぜいぜい荒い息を吐きながら、スタートラインに並んだ。フライイング犯した罰として、他の選手よりは一米うしろの地点から走らなければならない。「用意！」審判の冷酷の声が、ふたたび発せられる。

私は、思いちがいしていた。このレエスは百米競争では、なかったのだ。千米、五千米、いやいや、もっとながい大マラソンであった。

勝ちたい。醜くあせって全精力つかいはたして、こんなに疲れてしまっているが、けれども、私は選手だ。勝たなければ生きて行けない単純な選手だ。誰か、この見込みの少い選手のために、声援を与える高邁《こうまい》の士はいないか。

おとしあたり、私は私の生涯《しょうがい》にプンクトを打った。死ぬと思っていた。信じていた。そうなければかなわぬ宿命を信じていた。自分の生涯を自分で予言した。神を冒したのである。

死ぬと思っていたのは、私だけではなかった。医者も、そう思っていた。家人も、そう思っていた。友人も、そう思っていた。

けれども、私は、死ななかった。私は神のよほどの寵児《ちょうじ》にちがいない。望んだ死は与えられず、そのかわり現世の厳粛な苦しみを与えられた。私は、めきめき太った。愛嬌《あいきょう》もそっけもない、ただずんぐり大きい醜貌《しゅうぼう》の三十男にすぎなくなった。この男を神は、世の嘲笑《ちょうしょう》と指弾と軽蔑《けいべつ》と警戒と非難と蹂躙《じゅうりん》と黙殺の炎の中に投げ込んだ。男はその炎の中で、しばらくもそもそしていた。苦痛の叫びは、いよいよ世の嘲笑の声を大にするだけであろうから、男は、あらゆる表情と言葉を殺して、そうして、ただ、いも虫のように、もそもそしていた。おそろしいことには、男は、いよいよ丈夫になり、みじんも愛くるしさがなくなった。

まじめ。へんに、まじめになってしまった。そうして、ふたたび出発点に立った。この選手には、見込みがある。競争は、マラソンである。百米、二百米の短距離レエスでは、もう、この選手、全然見込みがない。足が重すぎる。見よ、かの鈍重、牛の如《ごと》き風貌を。

変れば変るものである。五十米レエスならば、まず今世紀、かれの記録を破るものはあるまい、とファン囁《ささや》き、選手自身もひそかにそれを許していた、かの俊敏はやぶさの如き太宰治とやらいう若い作家の、これが再生の姿であろうか。頭はわるし、文章は下手、学問は無し、すべてに無器用、熊の手さながら、おまけに醜貌、たった一つの取り柄は、からだの丈夫なところだけであった。

案外、長生きするのではないか。

こんな、ばかばなしをしていたのでは、きりがない。何かひとつ、実《み》になる話でもしようかね。実になる、ならない、もへんなもので、むかし発電機の発明をして得々としていたところ、一貴婦人から、けれども博士、その電気というものが起ったからって、それがどうなるのですの？　と質問され、博士大いに閉口して、奥さま、生れたばかりの赤ん坊に、おまえは何を建設するのだい？　と質問してみて下さい、と答えて逃げ去ったとかいう話があるけれども、何千万年まえの世界には、どんな動物がいたか、一億年のちにはこの世界はどんなになるか、そんな話は、いったい実になるものかどうか。私は実になる話だと思っているが。

ヴァニティ。この強靭《きょうじん》をあなどってはいけない。虚栄は、どこにでもいる。僧房の中にもいる。牢獄《ろうごく》の中にもいる。墓地にさえ在る。これを、見て見ぬふりをしては、いけない。はっきり向き直って、おのれのヴァニティと対談してみるがいい。私は、人の虚栄を非難しようとは思っていない。ただ、おのれのヴァニティを鏡にうつしてよく見ろ、というのである。見た、結果はむりに人に語らずともよい。語る必要はない。しかし、いちどは、はっきり、合せ鏡して見とどけて置く必要は、ある。いちど見た人は、その人は、思案深くなるだろう。謙譲になるだろう。神の問題を考えるようになるだろう。

重ねていう。私は、ヴァニティを悪いものだとは言っていない。それは或る場合、生活意欲と結びつく。高いリアリティとも結びつく。愛情とさえ結びつく。私は、多くの思想家たちが、信仰や宗教を説いても、その一歩手前の現世のヴァニティに莫迦《ばか》正直に触れていないことを不思議がっているだけである。パスカルは、少々。ヴァニティは、あわれなものである。なつかしいものである。それだけ、閉口なものである。

ながいことである。大マラソンである。いますぐいちどに、すべて問題を解決しようと思うな。ゆっくりかまえて、一日一日を、せめて悔いなく送りたまえ。幸福は、三年おくれて来る、とか。

日本だけではないようである。また、文学だけではないようである。作品の面白さよりも、その作家の態度が、まず気がかりになる。その作家の人間を、弱さを、嗅《か》ぎつけなければ承知できない。作品を、作家から離れた署名なしの一個の生き物として独立させては呉れない。三人姉妹を読みながらも、その三人の若い女の陰に、ほろにがく笑っているチェホフの顔を意識している。この鑑賞の仕方は、頭のよさであり、鋭さである。眼力《がんりき》、紙背を貫くというのだから、たいへんである。いい気なものである。鋭さとか、青白さとか、どんなに甘い通俗的な概念であるか、知らなければならぬ。

可哀そうなのは、作家である。うっかり高笑いもできなくなった。作品を、精神修養の教科書として取り扱われたのでは、たまったものじゃない。猥雑《わいざつ》なことを語っていても、その話手がまじめな顔をしていると、まじめな顔をしているから、それは、まじめな話である。笑いながら厳粛のことを語っていても、それは、笑いながら語っているから、ばかばかしい嘘言である。おかしい。私が夜おそく通りがかりの交番に呼びとめられ、いろいろうるさく聞かれるから、すこし高めの声で、自分は、自分は、何々であります、というあの軍隊式の言葉で答えたら、態度がいいとほめられた。

作家は、いよいよ窮屈である。何せ、眼光紙背に徹する読者ばかりを相手にしているのだから、うっかりできない。あんまり緊張して、ついには机のまえに端座したまま、そのまま、沈黙は金、という格言を底知れず肯定している、そんなあわれな作家さえ出て来ぬともかぎらない。

謙譲を、作家にのみ要求し、作家は大いに恐縮し、卑屈なほどへりくだって、そうして読者は旦那である。作家の私生活、底の底まで剝《は》ごうとする。失敬である。安売りしているのは作品である。作家の人間までを売ってはいない。謙譲は、読者にこそ之《これ》を要求したい。

作家と読者は、もういちど全然あたらしく地割りの協定をやり直す必要がある。いちばん高級な読書の仕方は、鷗外《おうがい》でもジッドでも尾崎一雄でも、素直に読んで、そうして分相応にたのしみ、読み終えたら涼しげに古本屋へ持って行き、こんどは涙《るい》香《こう》の死美人と交換して来て、また、心ときめかせて読みふける。何を読むかは、読者の権利である。義務ではない。それは、自由にやって然《しか》るべきである。

女人創造

男と女は、ちがうものである。あたりまえではないか、と失笑し給《たま》うかも知れぬが、それでいながら、くるしくなると、わが身を女に置きかえて、さまざまの女のひとの心を推察してみたりしているのだから、あまり笑えまい。男と女はちがうものである。それこそ、馬と火鉢ほど、ちがう。思いにふける人たちは、これに気がつくこと、甚だおそい。私も、このごろ、気がついた。名前は忘れたが或る外国人のあらわしたショパン伝を読んでいたら、その中に小泉八雲の「男は、その一生涯に、少くとも一万回、女になる。」という奇怪な言葉が引用されていたが、そんなことはないと思う。それは、安心していい。

日本の作家で、ほんとうの女を描いているのは、秋江《しゅうこう》であろう。秋江に出て来る女は、甚だつまらない。「へえ。」とか、「そうねえ。」とか呟《つぶや》いているばかりで、思索的でないこと、おびただしい。けれども、あれは、正確なのである。謂《い》わば、なつかしい現実である。

江戸の小咄《こばなし》にも、あるではないか。朝、垣根越しにとなりの庭を覗《のぞ》き見していたら、寝巻姿のご新造が出て来て、庭の草花を眺め、つと腕をのばし朝顔の花一輪を摘《つ》み取った。ああ風流だな、と感心して見ていたら、やがて新造は、ちんとその朝顔で鼻をかんだ。

モオパスサンは、あれは、女の読むものである。私たち一向に面白くないのは、あれには、しばしば現実の女が、そのままぬっと顔を出して来るからである。頗《すこぶ》る、高邁でない。モオパスサンは、あれほどの男であるから、それを意識していた。自分の才能を、全人格を厭悪《えんお》した。作品の裏のモオパスサンの憂鬱《ゆううつ》と懊悩《おうのう》は、一流である。気が狂った。そこにモオパスサンの毅然《きぜん》たる男性が在る。男は、女になれるものではない。女装することは、できる。これは、皆やっている。ドストエフスキイなど、毛臑《ずね》まるだしの女装で、大真面目《まじめ》である。ストリンドベリイなども、ときどき熱演のあまり鬘《かつら》を落して、それでも平気で大童《おおわらわ》である。

女が描けていない、ということは、何も、その作品の決定的な不名誉ではない。女を描けないのではなくて、女を描かないのである。そこに理想主義の獅子奮迅《ししふんじん》が在る。女美しい無智が在る。私は、しばらく、この態度に拠《よ》ろうと思っている。この態度は、しばしば、盲目に似ている。時には、滑稽でさえある。けれども、私は、「あらまあ、しばらく。」なぞという挨拶《あいさつ》にはじまる女人の実体を活写し得ても、なんの感激も有難さも覚えないのだから、仕方がないのである。私は、ひとりになっても、やはり、観念の女を描いてゆくだろう。五尺七寸の毛むくじゃの男が、大汗かいて、念写する女性であるから笑い上戸の二、三の人はきっと腹をかかえて大笑いするであろう。私自身でさえ、少し可笑《おか》しい。男の読者のほとんど全部が、女性的という反省に、くるしめられた経験を、お持ちであろう。けれども、そんなときには、女をあらためて、も一度見ることである。つくづくその女の動きを見ているうちに、諸君は、安心するであろう。ああ僕は、女じゃない。女は、瞑想《めいそう》しない。女は、号令しない。女は、創造しない。けれども、その現実の女を、あらわに軽蔑しては、間違いである。こんなことは、書きながら、顔が赤くなって来て、かなわない。まあ、やさしくしてやるんだね。

絶望は、優雅を生む。そこには、どうやら美貌のサタンが一匹住んでいる。けれども、その辺のことは、ここで軽々しく言い切れることがらでない。

こんな、とりとめないことを、だらだら書くつもりでは、なかったのである。このごろまた、小説を書きはじめて、女性を描くのに、多少、秘法に気がついた。私には、まだ、これといって誇示できるような作品がないから、あまり大きいことは言えないが、それは、ちょっと、へんな作法である。言い出そうとして、流石《さすが》に、口ごもるのである。言っては、いけないことかも知れない。へんなものである。なに、まえから無意識にやっていたのを、このごろ、やっと大人になって、それに気づいたというだけのことかも知れない。言い出せば、それは、あたりまえのことで、なあんだということになるのかも知れないが、下手に言い出して曲解され、損をするのは、いやだ。やはり、黙っていよう。「叡智《えいち》は悪徳である。けれども作家は、これを失ってはならぬ。」

鬱屈禍

この新聞（帝大新聞）の編輯者《へんしゅうしゃ》は、私の小説が、いつも失敗作ばかりで伸び切っていないのを聡明《そうめい》にも見てとったのに違いない。そうして、この、いじけた、流行しない悪作家に同情を寄せ、「文学の敵、と言ったら大袈裟《おおげさ》だが、最近の文学に就いて、それを毒すると思われるもの、まあ、そういったようなもの」を書いてみなさいと言って来たのである。

編輯者の同情に報いる為にも私は、思うところを正直に述べなければならない。こういう言葉がある。「私は、私の仇敵《きゅうてき》を、ひしと抱擁いたします。息の根を止めて殺してやろう下心。」これは、有名の詩句なんだそうだが、誰の詩句やら、浅学の私には、わからぬ。どうせ不埒《ふらち》な、悪文学者の創《つく》った詩句にちがいない。ジイドがそれを引用している。ジイドも相当に悪業の深い男のようである。いつまで経《た》っても、なまぐさ坊主だ。ジイドは、その詩句に続けて、彼の意見を附加している。すなわち、「芸術は常に一の拘束の結果であります。芸術が自由であれば、それだけ高く昇騰《しょうとう》すると信ずることは、凧《たこ》のあがるのを阻《はば》むのは、その糸だと信ずることであります。カントの鳩は、自分の翼を束縛する此《こ》の空気が無かったならば、もっとよく飛べるだろうと思うのですが、これは、自分が飛ぶためには、翼の重さを托《たく》し得る此の空気の抵抗が必要だということを識《し》らぬのです。同様にして、芸術が上昇せんが為には、矢張り或る抵抗のお蔭《かげ》に頼ることが出来なければなりません。」なんだか、子供だましみたいな論法で、少し結論が早過ぎ、押しつけがましくなったようだ。

けれども、も少し我慢して彼のお話に耳を傾けてみよう。ジイドの芸術評論は、いいのだよ。やはり世界有数であると私は思っている。小説は、少し下手だね。意あまって、紘響かずだ。彼は、続けて言う。

「大芸術家とは、束縛に鼓舞され、障害が踏切台となる者であります。伝える所では、ミケランジェロがモオゼの窮屈な姿を考え出したのは、大理石が不足したお蔭だと言います。アイスキュロスは、舞台上で同時に用い得る声の数が限られている事に依て、そこで止《や》むなく、コオカサスに鎖《つな》ぐプロメトイスの沈黙を発明し得たのであります。ギリシャは琴に絃を一本附け加えた者を追放しました。芸術は拘束より生れ、闘争に生き、自由に死ぬのであります。」

なかなか自信ありげに、単純に断言している。信じなければなるまい。

私の隣の家では、朝から夜中まで、ラジオをかけっぱなしで、甚だ、うるさく、私は、自分の小説の不出来を、そのせいだと思っていたのだが、それは間違いで、此の騒音の障害をこそ私の芸術の名誉ある踏切台としなければならなかったのである。ラジオの騒音は決して文学を毒するものでは無かったのである。あれ、これと文学の敵を想定してみるのだが、考えてみると、すべてそれは、芸術を生み、成長させ、昇華させる有難い母体であった。やり切れない話である。なんの不平も言えなくなった。私は貧しい悪作家であるが、けれども、やはり第一等の道を歩きたい。つねに大芸術家の心構えを、真似でもいいから、持っていたい。大芸術家とは、束縛に鼓舞され、障害を踏切台とする者であります、と祖父のジイドから、やさしく教えさとされ、私も君も共に「いい子」になりたくて、はい、などと殊勝げに首肯《うなず》き、さて立ち上ってみたら、甚だばかばかしい事になった。自分をぶん殴り、しばりつける人、ことごとくに、「いや、有難うございました。お蔭で私の芸術も鼓舞されました。」とお辞儀をして廻らなければならなくなった。駒下駄で顔を殴られ、その駒下駄を錦《にしき》の袋に収め、朝夕うやうやしく礼拝して立身出世したとかいう講談を寄席で聞いて、実にばかばかしく、笑ってしまったことがあったけれど、あれとあんまり違わない。大芸術家になるのもまた、つらいものである。などと茶化してしまえば、折角のジイドの言葉も、ぼろくそになってしまうが、ジイドの言葉は結果論である。後世、傍観者の言葉である。

ミケランジェロだって、その当時は大理石の不足に悲憤痛嘆したのだ。ぶつぶつ不平を言いながらモオゼ像の制作をやっていたのだ。はからずもミケランジェロの天才が、その大理石の不足を償って余りあるものだったので、成功したのだ。いわんや私たち小才は、ぶん殴られて喜んでいたのじゃ、制作も何も消えて無くなる。

不平は大いに言うがいい。敵には容赦をしてはならぬ。ジイドもちゃんと言っている。「闘争に生き、」と抜からず、ちゃんと言っている。敵は？　ああ、それはラジオじゃ無い！　原稿料じゃ無い。批評家じゃ無い。古老の曰《いわ》く、「心中の敵、最も恐るべし。」私の小説が、まだ下手くそで伸び切らぬのは、私の心中に、やっぱり濁ったものがあるからだ。

かすかな声

信じるより他は無いと思う。私は、馬鹿正直に信じる。ロマンチシズムに拠って、夢の力に拠って、難関を突破しようと気構えている時、よせ、よせ、帯がほどけているじゃないか等と人の悪い忠告は、言うもので無い。信頼して、ついて行くのが一等正しい。運命を共にするのだ。一家庭に於《お》いても、また友と友との間に於いても、同じ事が言えると思う。

信じる能力の無い国民は、敗北すると思う。だまって信じて、だまって生活をすすめて行くのが一等正しい。人の事をとやかく言うよりは、自分のていたらくに就いて考えてみるがよい。私は、この機会に、なお深く自分を調べてみたいと思っている。絶好の機会だ。

信じて敗北する事に於いて、悔いは無い。むしろ永遠の勝利だ。それゆえに人に笑われても恥辱とは思わぬ。けれども、ああ、信じて成功したいものだ。この歓喜！

だまされる人よりも、だます人のほうが、数十倍くるしいさ。地獄に落ちるのだからね。

不平を言うな。だまって信じて、ついて行け。オアシスありと、人の言う。ロマンを信じ給え。「共栄」を支持せよ。信ずべき道、他に無し。

甘さを軽蔑《けいべつ》する事くらい容易な業は無い。そうして人は、案外、甘さの中に生きている。他人の甘さを嘲笑《ちようしよう》しながら、自分の甘さを美徳のように考えたがる。

「生活とは何ですか。」

「わびしさを堪える事です。」

自己弁解は、敗北の前兆である。いや、すでに敗北の姿である。

「敗北とは何ですか。」

「悪に媚笑《びしょう》する事です。」

「悪とは何ですか。」

「無意識の殴打です。意識的の殴打は、悪ではありません。」

議論とは、往々にして妥協したい情熱である。


「自信とは何ですか。」

「将来の燭光《しょっこう》を見た時の心の姿です。」

「現在の？」

「それは使いものになりません。ばかです。」


「あなたには自信がありますか。」

「あります。」


「芸術とは何ですか。」

「すみれの花です。」

「つまらない。」

「つまらないものです。」

「芸術家とは何ですか。」

「豚の鼻です。」

「それは、ひどい。」

「鼻は、すみれの匂《にお》いを知っています。」

「きょうは、少し調子づいているようですね。」

「そうです。芸術は、その時の調子で出来ます。」

弱者の糧《かて》

映画を好む人には、弱虫が多い。私にしても、心の弱っている時に、ふらと映画館に吸い込まれる。心の猛《たけ》っている時には、映画なぞ見向きもしない。時間が惜しい。何をしても不安でならぬ時には、映画館へ飛び込むと、少しホッとする。真暗いので、どんなに助かるかわからない。誰も自分に注意しない。映画館の一隅に坐っている数刻だけは、全く世間と離れている。あんな、いいところは無い。

私は、たいていの映画に泣かされる。必ず泣く、といっても過言では無い。愚作だの、傑作だのと、そんな批判の余裕を持った事が無い。観衆と共に、げらげら笑い、観衆と共に泣くのである。五年前、千葉県船橋の映画館で「新佐渡情話」という時代劇を見たが、ひどく泣いた。翌《あく》る朝、目がさめて、その映画を思い出したら、嗚咽《おえつ》が出た。黒川弥太郎、酒井米子、花井蘭子などの芝居であった。翌る朝、思い出して、また泣いたというのは、流石《さすが》に、この映画一つだけである。どうせ、批評家に言わせると、大愚作なのだろうが、私は前後不覚に泣いたのである。あれは、よかった。なんという監督の作品だか、一切わからないけれども、あの作品の監督には、今でもお礼を言いたい気持がある。

私は、映画を、ばかにしているのかも知れない。芸術だとは思っていない。おしるこだと思っている。けれども人は、芸術よりも、おしるこに感謝したい時がある。そんな時は、ずいぶん多い。

やはり五年前、船橋に住んでいた頃の事であるが、くるしまぎれに市川まで、何のあてもなく出かけていって、それから懐中の本を売り、そのお金で映画を見た。「兄いもうと」というのを、やっていた。この時も、ひどく泣いた。おもんの泣きながらの抗議が、たまらなく悲しかった。私は大きな声を挙げて泣いた。たまらなくなって便所へ逃げて行った。あれも、よかった。

私は外国映画は、余り好まない。会話が、少しもわからず、さりとて、あの画面の隅にちょいちょい出没する文章を一々読みとる事も至難である。私には、文章をゆっくり調べて読む癖があるので、とても読み切れない。実に、疲れるのである。それに私は、近眼のくせに眼鏡をかけていないので、よほど前の席に坐らないと、何も読めない。

私が映画館へ行く時は、よっぽど疲れている時である。心の弱っている時である。

敗れてしまった時である。真っ暗いところに、こっそり坐って、誰にも顔を見られない。少し、ホッとするのである。そんな時だから、どんな映画でも、骨身にしみる。日本の映画は、そんな敗者の心を目標にして作られているのではないかとさえ思われる。野望を捨てよ。小さい、つつましい家庭にこそ仕合せがありますよ。お金持ちには、お金持ちの暗い不幸があるのです。あきらめなさい。と教えている。世の敗者たるもの、この優しい慰めに接して、泣かじと欲するも得ざる也《なり》。いい事だか、悪い事だか、私にもわからない。

観衆たるの資格。第一に無邪気でなければいけない。荒唐無稽《こうとうむけい》を信じなければいけない。大河内伝次郎は、必ず試合に勝たなければいけない。或る教養深い婦人は、「大谷日出夫という役者は、たのもしくていいわ。あの人が出て来ると、なんだか安心ですの。決して負ける事がないのです。芸術映画は、退屈です。」と言って笑った。美しい意見である。利巧ぶったら、損をする。

映画と、小説とは、まるでちがうものだ。国技館の角力《すもう》を見物して、まじめくさり、「何事も、芸の極致は同じであります。」などという感慨をもらす馬鹿な作家。何事も、生活感情は同じであります、というならば、少しは穏当である。ことさらに、映画と小説を所謂《いわゆる》「極致」に於いて同視せずともよい。また、ことさらに独自性をわめき散らし、排除し合うのも、どうかしている。医者と坊主だって、路《みち》で逢《あ》えば互いに敬礼するではないか。

これからの映画は、必ずしも「敗者の糧」を目標にして作るような事は無いかも知れぬ。けれども観衆の大半は、ひょっとしたら、やっぱり侘《わ》びしい人たちばかりなのではあるまいか。日劇を、ぐるりと取り巻いている入場者の長蛇の列を見ると、私は、ひどく重い気持になるのである。「映画でも見ようか。」この言葉には、やはり無気力な、敗者の溜息《ためいき》がひそんでいるように、私には思われてならない。

弱者への慰めのテエマが、まだ当分は、映画の底に、くすぶるのではあるまいか。

男女川《みなのがわ》と羽左衛門

横綱、男女川が、私の家の近くに住んでいる。すなわち、共に府下三鷹《みたか》町下連雀《しもれんじゃく》の住人なのである。私は角力に関しては少しも知るところが無いのだけれど、それでも横綱、男女川に就いては、時折ひとから噂《うわさ》を聞くのである。噂に拠《よ》れば、男女川はその身長に就いての質問を何よりも恐れるそうである。そうして自分の実際の身長よりも二寸くらい低く言うそうである。つまり、大男の自分を憎悪しているのである。自己嫌悪、含羞《がんしゅう》、閉口しているのであろう。必ずや神経のデリケエトな人にちがいない。自転車に乗って三鷹の駅前の酒屋へ用達《ようた》しに来て、酒屋のおかみさんに叱《しか》られてまごついている事もある。やはり、自転車に乗って三鷹郵便局にやって来て、窓口を間違ったり等して顔から汗をだらだら流し、にこりともせず、ただ狼狽《ろうばい》しているのである。私はそんな男女川の姿を眺め、ああ偉いやつだといつも思う。よっぽど出来た人である。必ずや誠実な男だ。

ひとの噂に拠れば、男女川はひどく弱い角力だそうである。敗れてばかりいるそうである。てんで、角力を取る気が無いらしいという話もある。けれども私は、その事に就いても感服している。いつか新聞で、かれの自戦記を読んだが、あの文章は、忘れがたい。曰《いわ》く「われは横綱らしく強いところを見せようとして左の腕を大きくぶるんと振って相手を片手で投げ飛ばそうとしたが、相手は小さすぎて、われの腕《かいな》はむなしく相手の頭の上を通過し、われはわが力によろめき自ら腰がくだけて敗れたのである。とかく横綱は、むずかしい。」

羽左衛門の私生活なども書いてみたい。朝起きてから、夜寝るまで。面白いだろうと思う。題は「たちばな。」けれども、私は、男女川の小説も、羽左衛門の物語も、一生涯《しょうがい》、書く事は無いだろう。或る種の作家は、本気に書くつもりの小説を前もって広告する事を避けたがるものである。書かない小説を、ことさらに言ってみるものである。私も、どうやらそれに近い。

容貌

私の顔は、このごろまた、ひとまわり大きくなったようである。もとから、小さい顔ではなかったが、このごろまた、ひとまわり大きくなった。美男子というものは、顔が小さくきちんとまとまっているものである。顔の非常に大きい美男子というのは、あまり実例が無いように思われる。想像する事も、むずかしい。顔の大きい人は、すべてを素直にあきらめて、「立派」あるいは「荘厳」あるいは「盛観」という事を心掛けるより他に仕様がないようである。浜口雄《お》幸《さち》氏は、非常に顔の大きい人であった。やはり美男子ではなかった。けれども、盛観であった。荘厳でさえあった。容貌に就いては、ひそかに修養した事もあったであろうと思われる。私も、こうなれば、浜口氏になるように修養するより他は無いと思っている。

顔が大きくなると、よっぽど気をつけなければ、人に傲慢《ごうまん》と誤解される。大きいつらをしやがって、いったい、なんだと思っているんだ等と、不慮の攻撃を受ける事もあるものである。先日、私は新宿の或る店へはいって、ひとりでビイルを飲んでいたら、女の子が呼びもしないのに傍へ寄って来て、「あんたは、屋根裏の哲人みたいだね。ばかに偉そうにしているが、女には、もてませんね。きざに、芸術家気取りをしたって、だめだよ。夢を捨てる事だね。歌わざる詩人かね。よう！　ようだ！　あんたは偉いよ。こんなところへ来るにはね、まず歯医者にひとつき通ってから、おいでなさいだ。」と、ひどい事を言った。私の歯は、ぼろぼろに欠けているのである。私は返事に窮して、お勘定をたのんだ。さすがに、それから五、六日、外出したくなかった。静かに家で読書した。

鼻が赤くならなければいいが、とも思っている。

或る忠告

「その作家の日常の生活が、そのまま作品にもあらわれて居ります。ごまかそうたって、それは出来ません。生活以上の作品は書けません。ふやけた生活をしていて、いい作品を書こうたって、それは無理です。

どうやら『文人』の仲間入り出来るようになったのが、そんなに嬉《うれ》しいのかね。宗匠頭巾《ずきん》をかぶって、『どうも此頃の青年はテニヲハの使用が滅茶で恐れ入りやす。』などは、げろが出そうだ。どうやら『先生』と言われるようになったのが、そんなに嬉しいのかね。八卦見《はっけみ》だって、先生と言われています。どうやら、世の中から名士の扱いを受けて、映画の試写やら相撲の招待をもらうのが、そんなに嬉しいのかね。此頃すこしはお金がはいるようになったそうだが、それが、そんなに嬉しいのかね。小説を書かなくたって名士の扱いを受ける道があったでしょう。殊《こと》にお金は、他にもうける手段は、いくらでもあったでしょうに。

立身出世かね。小説を書きはじめた時の、あの悲壮ぶった覚悟のほどは、どうなりました。

けちくさいよ。ばかに気取ってるじゃないか。それでも何か、書いたつもりでいるのかね。時評に依《よ》ると、お前の心境いよいよ澄み渡ったそうだね、あはは。家庭の幸福か。妻子のあるのは、お前ばかりじゃありませんよ。図々しいねえ。此頃めっきり色が白くなったじゃないか。図に乗って、あんまり人をなめていてね。読者を、あんまり、だまさないで下さい。万葉を読んでいるんだっると、みんなばらしてやりますよ。僕が知らないと思っているのですか。責任が重いんだぜ。わからないかね。一日一日、責任が重くなっているんだぜ。もっと、まともに苦しもうよ。まともに生き切る努力をしようぜ。明日の生活の計画よりは、きょうの没我のパッションが大事です。戦地に行った人たちの事を考えろ。正直はいつの時代でも、美徳だと思います。ごまかそうたって、だめですよ。明日の立派な覚悟より、きょうの、つたない献身が、いま必要であります。お前たちの責任は重いぜ。」

と或る詩人が、私の家へ来て私に向って言いました。その人は、酒に酔ってはいませんでした。

一問一答

「何か、最近の、御感想を聞かせて下さい。」

「困りました。」

「困りましたでは、私のほうで困ります。何か、聞かせて下さい。」

「人間は、正直でなければならない、と最近つくづく感じます。おろかな感想ですが、生活きのうも道を歩きながら、つくづくそれを感じました。ごまかそうとするから、生活がむずかしく、ややこしくなるのです。正直に言い、正直に進んで行くと、生活は実に簡単になります。失敗という事が無いのです。失敗というのは、ごまかそうとして、ごまかし切れなかった場合の事を言うのです。それから、無慾ということも大事ですね。慾張ると、どうしても、ちょっと、ごまかしてみたくなりますし、ごまかそうとすると、いろいろ、ややこしくなって、遂に馬脚をあらわして、つまらない思いをするようになります。わかり切った感想ですが、でも、これだけの事を体得するのに、三十四年かかりました。」

「お若い頃の作品を、いま読みかえして、どんな気がしますか。」

「むかしのアルバムを、繰りひろげて見ているような気がします。人間は変っていませんが、服装は変っていますね。その服装を、微笑《ほほえ》ましい気で見ている事もあります。」

「何か、主義、とでもいったようなものを、持っていますか。」

「生活に於《お》いては、いつも、愛という事を考えていますが、これは私に限らず、誰でも考えている事でしょう。ところが、これは、むずかしいものです。愛などと言うと、甘ったるいもののようにお考えかも知れませんが、むずかしいものですよ。愛するという事は、どんな事だか、私にはまだ、わからない。めったに使えない言葉のような気がする。自分では、たいへん愛情の深い人のような気がしていても、まるで、その逆だったという場合もあるのですからね。とにかく、むずかしい。さっきの正直という事と、少しつながりがあるような気もする。愛と正直。わかったような、わからないような、とにかく、私には、まだわからないところがある。正直は現実の問題、愛は理想、まあ、そんなところに私の主義、とでもいったようなものがひそんでいるのかも知れませんが、私には、まだ、はっきりわからないのです。」

「あなたは、クリスチャンですか。」

「教会には行きませんが、聖書は読みます。世界中で、日本人ほどキリスト教を正しく理解できる人種は少いのではないかと思っています。キリスト教に於いても、日本は、これから世界の中心になるのではないかと思っています。最近の欧米人のキリスト教は実に、いい加減のものです。」

「そろそろ展覧会の季節になりましたが、何か、ごらんになりましたか。」

「まだどこの展覧会も見ていませんが、このごろ、画をたのしんでかいている人が実に少い。すこしも、よろこびが無い。生命力が貧弱です。ばかに、威張ったような事ばかり言って、すみませんでした。」

わが愛好する言葉

どうも、みんな、佳《よ》い言葉を使い過ぎます。美辞を姦するおもむきがあります。鷗《おう》外《がい》がうまい事を言っています。

「酒を傾けて酵母を啜《すす》るに至るべからず。」

故《ゆえ》に曰《いわ》く、私には好きな言葉は無い。

芸術ぎらい

魯迅《ろじん》の随筆に、「以前、私は情熱を傾けて支那の社会を攻撃した文章を書いた事がありましたけれども、それも、実は、やっぱりつまらないものでした。支那の社会は、私がそんなに躍起となって攻撃している事を、ちっとも知りゃしなかったのです。ばかばかしい。」というような文章があって、私はそれを読んでひとりで声を出して笑ってしまった事があるけれども、私が映画に就いて語る場合も、少しそれと似たような結果になるのではあるまいかと思われる。

私は十年来、ひどくまずい小説ばかり書いて来ている三十六歳の男子であって、小説界に於いても私の言説にまじめに耳を傾けてくれるような物好きな人がひとりもいない現状なのだから、いわんや、映画界に於いては、誰も私のつまらぬ名前など知らんのではないかと思われる。名前を知られたって、ろくな事は無いのだし、別段、自分の無名を残念がってもいないのであるが、でも、世間の人は、無名の人の文章は（お互いいそがしいのだから）てんで読もうとしないので、困るのである。私がもし映画統制局々長（そんな官名があるかどうか知らないが）とか何とかの肩書のある男であったなら、「どうも、なんですねえ、娯楽味を忘れては、なりませんですねえ」などと何の意味も無いような意見を述べても、映画界の幹部たちはひとしく感奮し、ただちに映画界の全従業員を集めて、「実にこの娯楽味を忘れてはなりませぬです」という一場の訓辞をこころみるかも知れないのだから、人の気持って微妙なものだ。

私だって少しは誇りを持っている。自分の書いた文章が、全く読まれないか、あるいはざっと一読の光栄に浴して、そうして、「なんだいこれは」と顔をしかめられるのをハッキリ自覚しながら、それでも一字一字まじめに考え考えして文章を書かなければならぬというのは、つらい話である。むかしの私だったら、この種の原稿の依頼に対しては汗顔平伏して御辞退申し上げるに違いないのであるが、このごろの私は少し変った。日本のために、自分の力の全部を出し切らなければならぬ。小説界と映画界とは、そんなに遠く隔絶せられた世界でもない。小説家としての私の愚見も、あるいは、ひょっとしたら、ひとりの勇敢な映画人に依って支持せられるというような奇《き》蹟《せき》が無いものでもあるまい。もし、そのような奇蹟が起ったならば、これもまた御奉公の一つだと思われる。どんな小さい機会でも、粗末にしてはならぬのである。

映画は芸術であってはならぬ。芸術的雰囲気などというい い加減なものに目を細めているから、ろくな映画が出来ない。かつて私は次のような文章を発表した事がある。

「誰しもはじめは、お手本に拠《よ》って習練を積むのですが、一個の創作家たるものが、いつまでもお手本の匂《にお》いから脱する事が出来ぬというのは、まことに腑甲斐《ふがい》ない話であります。はっきり言うと、君は未《いま》だに誰かの調子を真似しています。そこに目標を置いているようです。〈芸術的〉という、あやふやな装飾の観念を捨てたらよい。生きる事は、芸術でありません。自然も、芸術でありません。さらに極言すれば、小説も芸術でありません。小説を芸術として考えようとしたところに、小説の堕落が胚胎《はいたい》していたという説を耳にした事がありますが、自分もそれを支持して居ります。創作に於いて最も当然に努めなければならぬ事は、〈正確を期する事〉であります。その他には、何もありません。風車が悪魔に見えた時には、ためらわず悪魔の描写をなすべきであります。また風車が、やはり風車以外のものには見えなかった時は、そのまま風車の描写をするがよい。風車が、実は、風車そのものに見えているのだけれども、それを悪魔のように描写しなければ〈芸術的〉でないかと思って、さまざま見え透いた工夫をして、ロマンチックを気取っている馬鹿な作家もありますが、あんなのは、一生かかったって何一つ摑《つか》めない。小説に於いては、決して芸術的雰囲気をねらっては、いけません。あれは、お手本のあねさまの絵の上に、薄い紙を載せ、震えながら鉛筆で透き写しをしているような、全く滑稽な幼い遊戯であります。一つとして見るべきものがありません。雰囲気の醸成を企図する事は、やはり自瀆《じとく》であります。〈チエホフ的に〉などと少しでも意識したならば、かならず無慙《むざん》に失敗します。無闇《むやみ》に字面《じづら》を飾り、ことさらに漢字を避けたり、不要の風景の描写をしたり、みだりに花の名を記したりする事は厳に慎しみ、ただ実直に、印象の正確を期する事一つに努力してみて下さい。君には未だ、君自身の印象というものが無いようにさえ見える。それでは、いつまで経《た》っても何一つ正確に描写する事が出来ない筈《はず》です。主観的たれ! 強い一つの主観を持ってすすめ。単純な眼を持て。」

昨年の暮、私は二つの映画を見た。「無法松の一生」とかいうのと、「重慶から来た男」とかいう映画である。そうして、「無法松」はたいへんつまらなかった。「芸術的」という努力は、なんてまあ古いもんだろうと思った。阪妻《ばんつま》はヤニングスみたいな熱演で、私は阪妻に同情したが、しかし、いいとは思えなかった。阪妻に対する不満ではない。「無法松」という映画に対する不満である。どこがいいのか、私には、さっぱりわからなかった。傑作意識を捨てなければならぬ。傑作意識というものは、かならず昔のお手本の幻影に迷わされているものである。だからいつまで経っても、古いのである。まるで、それこそ、筋書どおりじゃないか。あまりに、ものほしげで、閉口した。「芸術的」陶酔をやめなければならぬ。始めから終りまで「優秀場面」の連続で、そうして全体が、ぐんなりしている。「重慶から来た男」のほうは、これとは、まるで反対であった。およそ「芸術的」でない。優秀場面なんて一つもない。ひどく皆うろたえて走り廻っている。けれども私には、これが非常に面白かった。決して「傑作」ではない。傑作だの何だのそんな事、まるで忘れて走り廻っている。日本の映画は、進歩したと私はそれを見て思った。こんな映画だったら、半日をつぶしても見に行きたいと思った。昔の傑作をお手本にして作った映画ではないのである。表現したい現実をムキになって追いかけているのである。そのムキなところが、新鮮なのである。書生劇みたいな粗雑なところもある。学芸会みたいな稚拙なところもある。けれども、なんだか、ムキである。あの映画には、いままでの日本の映画に無かった清潔な新しさがあった。いやらしい「芸術的」な装飾をつい失念したから、かえって成功しちゃったのだ。重ねて言う。映画は、「芸術」であってはならぬ。私はまじめに言っているのである。

純真

「純真」なんて概念は、ひょっとしたら、アメリカ生活あたりにそのお手本があったのかも知れない。たとえば、何々学院の何々女史とでもいったような者が「子供の純真性は尊い」などと甚だあいまい模糊《もこ》たる事を憂《うれ》い顔で言って歎息《たんそく》して、それを女史のお弟子の婦人がそのまま信奉して自分の亭主に訴える。亭主はあまく、いいとしをして口髭《くちひげ》なんかを生やしていながら「うむ、子供の純真性は大事だ」などと騒ぐ。親馬鹿というものに酷似している。いい図ではない。

日本には「誠」という倫理はあっても、「純真」なんて概念は無かった。人が「純真」と銘打っているものの姿を見ると、たいてい演技だ。演技でなければ、阿呆である。家の娘は四歳であるが、ことしの八月に生れた赤子の頭をコツンと殴ったりしている。こんな「純真」のどこが尊いのか。感覚だけの人間は、悪鬼に似ている。どうしても倫理の訓練は必要である。

子供から冷い母だと言われているその母を見ると、たいていそれはいいお母さんだ。

子供の頃に苦労して、それがその人のために悪い結果になったという例は聞かない。人間は、子供の時から、どうしたって悲しい思いをしなければならぬものだ。

一つの約束

難破して、わが身は怒濤《どとう》に巻き込まれ、海岸にたたきつけられ、必死にしがみついた所は、燈台の窓縁《まどべり》である。やれ、嬉《うれ》しや、たすけを求めて叫ぼうとして、窓の内を見ると、今しも燈台守の夫婦とその幼き女児とが、つつましくも仕合せな夕食の最中である。ああ、いけねえ、と思った。おれの凄惨《せいさん》な一声で、この団欒《だんらん》が滅茶々々になるのだ、と思ったら喉《のど》まで出かかった「助けて！」の声がほんの一瞬戸惑った。ほんの一瞬である。たちまち、ざぶりと大波が押し寄せ、その内気な遭難者のからだを一呑《の》みにして、沖遠く拉《らっ》し去った。

もはや、たすかる道理は無い。

この遭難者の美しい行為を、一体、誰が見ていたのだろう。誰も見てやしない。燈台守は何も知らずに一家団欒の食事を続けていたに違いないし、遭難者は怒濤にもまれて（或いは吹雪の夜であったかも知れぬ）ひとり死んでいったのだ。月も星も、それを見ていなかった。しかも、その美しい行為は儼然《げんぜん》たる事実として、語られている。

言いかえれば、これは作者の一夜の幻想に端を発しているのである。けれども、その美談は決して嘘《うそ》ではない。たしかに、そのような事実が、この世に在ったのである。

ここに作者の幻想の不思議が存在する。事実は、小説よりも奇なり、と言う。しかし、誰も見ていない事実だって世の中には、あるのだ。そうして、そのような事実にこそ、高貴な宝玉が光っている場合が多いのだ。それをこそ書きたいというのが、作者の生甲斐になっている。

第一線に於いて、戦って居られる諸君。意を安んじ給《たま》え。誰にも知られぬ或る日、或る一隅に於ける諸君の美しい行為は、かならず一群の作者たちに依《よ》って、あやまたず、のこりくまなく、子々孫々に語り伝えられるであろう。日本の文学の歴史は、三千年来それを行い、今後もまた、変る事なく、その伝統を継承する。

返事

拝復。長いお手紙をいただきました。

縁というのは、妙なものですね。（なんて、こんな事を言うと、非科学的だといって叱《しか》られるかしら。うるさい時代が過ぎて、二三日、ほっとしたと思ったら、また、うるさい時代がやって来ました。縁などというのは迷信である。必然的と言わなければならぬ、なんて、一言一言とがめられる、あの右翼のやっかい以前の左翼のやっかい時代が、また来るのかしら。あれももう私は、ごめんです）あなたも作家、私も作家、けれども今まで一度も逢《あ》った事は無し、またお互いにその作品を一度も読んだ事のない者どうしが、ふっとした事で、こうして長い手紙を交換する。縁と言ったってかまやしません。

このたび私の「惜別」が橋になって、あなたから長いお手紙をいただきましたが、私は、たいへんうれしかった。あなたのお手紙の文面が、やさしく正直なのも大きな悦びでありましたが、それよりも何よりも、私にはあのお手紙の長さが有難かったのです。本当にもうこのごろは、お互い腹のさぐり合いで、十年来の友人でも、あいまいな事をちょっとだけ書いて寄こして、あなたみたいに、長い手紙を書いてはくれません。何も用心しなくたっていいじゃないか。私がマ司令に密告するわけじゃあるまいし。

きょうは、あなたのお手紙の長さに感奮し、その返礼の気持もあり、こんな馬鹿正直の無警戒の手紙を差上げる事になりました。

私たちは程度の差はあっても、この戦争に於いて日本に味方をしました。馬鹿な親でも、とにかく血みどろになって喧嘩《けんか》をして敗色が濃くていまにも死にそうになっているのを、黙って見ている息子も異質的《エクセントリック》ではないでしょうか。「見ちゃ居られねえ」というのが、私の実感でした。

実際あの頃の政府は、馬鹿な悪い親で、大ばくちの尻《しり》ぬぐいに女房子供の着物を持ち出し、箪笥《たんす》はからっぽ、それでもまだ、ばくちをよさずにヤケ酒なんか飲んで女房子供は飢えと寒さにひいひい泣けば、うるさい！　亭主を何と心得ている、馬鹿にするな！　いまに大金持になるのに、わからんか！　この親不孝者どもが！　など叫喚して手がつけられず、私なども、雑誌の小説が全文削除になったり、長篇の出版が不許可になったり、情報局の注意人物なのだそうで、本屋からの注文がぱったり無くなり、そのうちに二度も罹災《りさい》して、いやもう、ひどいめにばかり遭いましたが、しかし、私はその馬鹿親に孝行を尽そうと思いました。いや、妙な美談の主人公になろうとして、こんな事を言っているのではありません。他の人も、たいていそんな気持で、日本のために力を尽したのだと思います。

はっきり言ったっていいんじゃないかしら。私たちは日本を愛している、と。

味方した。私たちは日本を愛している。私たちはこの大戦争に於いて、日本に味方した。

そうして、日本は大敗北を喫しました。まったく、あんな有様でしかもなお日本が勝ったら、日本は神の国ではなくて、魔の国でしょう。あれでもし勝ったら、私は今ほど日本を愛する事が出来なかったかも知れません。

私はいまこの負けた日本の国を愛しています。曾《か》つて無かったほど愛しています。早くあの「ポツダム宣言」の約束を全部果して、そうして小さくても美しい平和の独立国になるように、ああ、私は命でも何でもみんな捨てて祈っています。

しかし、どうも、このごろのジャーナリズムは、いけませんね。私は大戦中にも、その頃の新聞、雑誌のたぐいを一さい読むまいと決意した事がありましたが、いままた、それに似た気持が起って来ました。

あなたの大好きな魯迅先生は、所謂《いわゆる》「革命」に依る民衆の幸福の可能性を懐疑し、まず民衆の啓蒙《けいもう》に着眼しました。またかつて私たちの敬愛の的であった田舎親爺《おやじ》の大政治家レニンも、常に後輩に対し、「勉強せよ、勉強せよ、そして勉強せよ」と教えていた筈であります。教養の無いところに、真の幸福は絶対に無いと私は信じています。

私はいまジャーナリズムのヒステリックな叫びの全部に反対であります。戦争中に、あんなにグロテスクな嘘をさかんに書き並べて、こんどはくるりと裏がえしの同様の嘘をまた書き並べています。講談社がキングという雑誌を復活させたという新聞広告を見て、私は列国の教養人に対し、冷汗をかきました。恥ずかしくてならないのです。

どうして、こんなに厚顔無恥なのでしょう。カルチベートされた人間は、てれる事を知っています。レニンは、とても、てれやだったそうではありませんか。殊《こと》に外国からやって来た素見《ひやかし》の客（たとえば、松岡とか大島とかいう人たち）に対しては、まるでもう処女の如《ごと》くはにかみ、顔を真赤にしたという話を聞きました。松岡などに逢ったら、多少でも良心のあるひとなら誰でも、へどもどしますよ。それを当の松岡は(これは譬喩《たとえばなし》で、事実談ではありません)レニンに呆《あき》れられているという事にも気づかず、「なんだ、レニンってのは、噂《うわさ》ほどにも無い男だ、我輩の眼光におされてしどろもどろではないか、意気地が無い！」と断じて、悠然と引上げ、「ああ、やっぱり、ヒットラーに限る！　あの颯爽《さっそう》たる雄姿、動作の俊敏、天才的の予言！」などという馬鹿な事になるようですが、私はそのヒットラーの写真を拝見しても、全くの無教養、ほとんどまるで床屋の看板の如く、仁丹《じんたん》の広告の如く、われとわが足音を高くする目的のために長靴《ちょうか》の踵《かかと》にこっそり鉛をつめて歩くたぐいの伍長あがりの山師としか思われず、私は、この事は、大戦中にも友人たちに言いふらして、そんな事からも、私は情報局の注意人物というわけになったのかも知れません。

はにかみを忘れた国は、文明国で無い。いまのソ聯《れん》は、どうでしょうか。いまの日いまの日本の共産党は、どうでしょうか。

私たちの魯迅先生が、いま生きていたら、何と言われるでしょう。また、プウシキンの読者だったあのレニンが、いま生きていたら、何と言うでしょう。

またまた、イデオロギイ小説が、はやるのでしょうか。あれは大戦中の右翼小説ほどひどくは無いが、しかし小うるさい点に於いては、どっちもどっちというところです。私は無頼派《リベルタン》です。束縛に反抗します。時を得顔のものを嘲笑《ちょうしょう》します。だから、いつまで経っても、出世できない様子です。

私はいまは保守党に加盟しようと思っています。こんな事を思いつくのは私の宿命です。私はいささかでも便乗みたいな事は、てれくさくて、とても、ダメなのです。

宿命と言い、縁と言い、こんな言葉を使うと、またあのヒステリックな科学派、または「必然組」が、とがめ立てするでしょうが、もうこんどは私もおびえない事にしています。私は私の流儀でやって行きます。

汝等《なんじら》おのれを愛するが如く、汝の隣人を愛せよ。

これが私の最初のモットーであり、最後のモットーです。

さようなら。またおひまの折には、おたよりを下さい。しかし、妙な縁でしたね。

お大事に。敬具。

政治家と家庭

頭の禿《は》げた善良そうな記者君が何度も来て、書け書け、と頭の汗を拭《ふ》きながらおっしゃるので、書きます。

佐倉宗五郎子別れの場、という芝居があります。ととさまえのう、と泣いて慕う子を振り切って、宗五郎は吹雪の中へ走って消えます。あれを、どうお思いでしょうか。アメリカ人が見たら、あれをどう感ずるでしょうか。ロシヤ人が見たら、何と判断するでしょうか。

しかし私たち日本人、殊に男が何か仕事に打ち込んだ場合、たいていこの宗五郎のようになってしまいます。

家庭は、捨ててよいものでしょうか。日本の政治家たちは、たいてい家庭を捨てているようです。ひどいのになると、独身だか妻帯者だか、わからない人物もあります。しつけの良い家庭を営んでいる政治家は、少いように思われます。

しつけのよい家庭を維持しながら、よい仕事も出来るという政治家もあってよいと思います。これこそ、至難の事業であります。けれども、兄は、それが出来るかも知れない極めて少数のひとの一人だと思います。

無理なお願いでしょうけれどもお願いしてみます。私の為のお願いではありません。

新しい形の個人主義

所謂社会主義の世の中になるのは、それは当り前の事と思わなければならぬ。民主々義とは云っても、それは社会民主々義の事であって、昔の思想と違っている事を知らなければならぬ。倫理に於いても、新しい形の個人主義の擡頭《たいとう》しているこの現実を直視し、肯定するところにわれらの生き方があるかも知れぬと思案することも必要かと思われる。

小　志

イエスが十字架につけられて、そのとき脱ぎ捨て給いし真白な下着は、上から下まで縫い目なしの全部その形のままに織った実にめずらしい衣だったので、兵卒どもはその品の高尚典雅に嘆息をもらしたと聖書に録《しる》されてあったけれども、

妻よ、

イエスならぬ市井《しせい》のただの弱虫が、毎日こうして苦しんで、そうして、もしも死なねばならぬ時が来たならば、縫い目なしの下着は望まぬ、せめてキャラコの純白のパンツ一つを作ってはかせてくれまいか。

かくめい

じぶんで、したことは、そのように、はっきり言わなければ、かくめいも何も、おこなわれません。じぶんで、そうしても、他のおこないをしたく思って、にんげんは、こうしなければならぬ、などとおっしゃっているうちは、にんげんの底からの革命が、いつまでも、できないのです。

小説の面白さ

小説と云うものは、本来、女子供の読むもので、いわゆる利口な大人が目の色を変えて読み、しかもその読後感を卓を叩《たた》いて論じ合うと云うような性質のものではないのであります。小説を読んで、襟《えり》を正しただの、頭を下げただのと云ってる人は、それが冗談ならばまた面白い話柄《わへい》でもありましょうが、事実そのような振舞いを致したならば、それは狂人の仕草と申さなければなりますまい。たとえば家庭に於いても女房が小説を読み、亭主が仕事に出掛ける前に鏡に向ってネクタイを結びながら、この頃どんな小説が面白いんだいと聞き、女房答えて、ヘミングウェイの「誰がために鐘は鳴る」が面白かったわ。亭主、チョッキのボタンをはめながら、どんな筋だいと、馬鹿にしきったような口調で訊《たず》ねる。女房、俄《にわ》かに上気し、その筋書を縷々《るる》と述べ、自らの説明に感激しむせび泣く。亭主、上衣を着て、ふむ、それは面白そうだ。そうして、その働きのある亭主は仕事に出掛け、夜は或るサロンに出席し、曰《いわ》く、この頃の小説ではやはり、ヘミングウェイの「誰がために鐘は鳴る」に限るようですな。

小説と云うものは、そのように情無いもので、実は、婦女子をだませばそれで大成功。その婦女子をだます手も、色々ありまして、或いは謹厳を装《よそお》い、或いは美貌をほのめかし、或いは名門の出だと偽り、或いはろくでもない学識を総ざらいにひけらかし、或いは我が家の不幸を恥も外聞も無く発表し、以て婦人のシンパシーを買わんとする意図明々白々なるにかかわらず、評論家と云う馬鹿者がありまして、それを捧《ささ》げ奉《たてまつ》り、また自分の飯の種にしているようですから、呆れるじゃありませんか。

最後に云って置きますが、むかし、滝沢馬琴と云う人がありまして、この人の書いたものは余り面白く無かったけれど、でも、その人のライフ・ワークらしい里見八犬伝の序文に、婦女子のねむけ醒《ざま》しともなれば幸なりと書いてありました。そうして、その婦女子のねむけ醒しのために、あの人は目を潰《つぶ》してしまいまして、それでも、口述筆記で続けたってんですから、馬鹿なもんじゃありませんか。

余談のようになりますが、私はいつだか藤村と云う人の夜明け前と云う作品を、眠られない夜に朝までかかって全部読み尽し、そうしたら眠くなってきましたので、その部厚の本を枕元《まくらもと》に投げ出し、うとうと眠りましたら、夢を見ました。夢を見ましたとも、何にも、ぜんぜん、その作品と関係の無い夢でした。あとで聞いたら、それが、ちっが、その人の作品の完成のために十年間かかったと云うことでした。

徒党について

徒党は、政治である。そうして、政治は、力だそうである。そんなら、徒党も、力という目標を以《もっ》て発明せられた機関かも知れない。しかもその力の、頼みの綱とするところは、やはり「多数」というところにあるらしく思われる。

ところが、政治の場合に於いては、二百票よりも、三百票が絶対の、ほとんど神の審判の前に於けるがごとき勝利にもなるだろうが、文学の場合に於いては少しちがうようにも思われる。

孤高。それは、昔から下手なお世辞の言葉として使い古され、そのお世辞を奉られている人にお目にかかってみると、ただいやな人間で、誰でもその人につき合うのはご免、そのような質《たち》の人が多いようである。そうして、その所謂《いわゆる》「孤高」の人は、やたらと口をゆがめて「群」をののしる。なぜ、どうしてののしるのかわけがわからぬ。

ただ「群」をののしり、己れの所謂「孤高」を誇るのが、外国にも、日本にも昔はみな偉い人たちが「孤高」であったという伝説に便乗して、以て吾が身の侘《わ》びしさをごまかしている様子のようにも思われる。

「孤高」と自らを号しているものには注意をしなければならぬ。第一、それは、キザである。ほとんど例外なく、「見破られかけたタルチュフ」である。どだい、この世の中に、「孤高」ということは、無いのである。孤独ということは、あり得るかもしれない。いや、むしろ、「孤低」の人こそ多いように思われる。

私の現在の立場から言うならば、私は、いい友達が欲しくてならぬけれども、誰も私と遊んでくれないから、勢い、「孤低」にならざるを得ないのだ。と言っても、それも嘘《うそ》で、私は私なりに「徒党」の苦しさが予感せられ、むしろ「孤低」を選んだほうが、それだって決して結構なものではないが、むしろそのほうに住んでいたほうが、気楽だと思われるから、敢えて親友交歓を行わないだけのことなのである。

それでまた「徒党」について少し言ってみたいが、私にとって（ほかの人は、どうだか知らない）最も苦痛なのは、「徒党」の一味の馬鹿らしいものを馬鹿らしいとも言えず、かえって賞讃《しょうさん》を送らなければならぬ義務の負担である。「徒党」というものは、はたから見ると、所謂「友情」によってつながり、十把一からげ、と言っては悪いが、応援団の拍手のごとく、まことに小気味よく歩調だか口調だかそろっているようだが、じつは、最も憎悪しているものは、その同じ「徒党」の中に居る人間なのである。かえって、内心、頼りにしている人間は、自分の「徒党」の敵手の中に居るものである。

自分の「徒党」の中に居る好かない奴ほど始末に困るものはない。それは一生、自分を憂鬱《ゆううつ》にする種だということを私は知っているのである。

新しい徒党の形式、それは仲間同士、公然と裏切るところからはじまるかもしれない。

友情。信頼。私は、それを「徒党」の中に見たことが無い。

Ⅲ

田舎者

私は、青森県北津軽郡というところで、生れました。今官一とは、同郷であります。彼も、なかなかの、田舎者ですが、私のさとは、彼の生れ在所より、更に十里も山奥でありますから、何をかくそう、私は、もっとひどい田舎者なのであります。

市《し》井《せい》喧《けん》争《そう》

九月のはじめ、甲府からこの三鷹へ引越し、四日目の昼ごろ、百姓風俗の変な女が来て、この近所の百姓ですと嘘《うそ》をついて、むりやり薔薇《ばら》を七本、押売りして、私は、贋物《にせもの》だということは、わかっていたが、私自身の卑屈な弱さから、断り切れず四円まきあげられ、あとでたいへん不愉快な思いをしたのであるが、それから、ひとつき経《た》って十月のはじめ、私は、そのときの贋百姓の有様を小説に書いて、文章に手を入れていたら、ひょっこり庭へ、ごめん下さいまし、私は、このさきの温室から来ましたが、何か草花の球根でも、と言い、四十くらいの男が、おどおど縁先で笑っている。こないだの贋百姓とは、ちがう人であるが同じたぐいのものであろうと思い、だめですよ、このあいだも薔薇を八本植えられてしまいました、と私は余裕のある笑顔でって言ったら、その男は、少し顔が蒼《あお》くなり、

「なんですか。植えられてしまった、とはどんなことですか。」と急に居直って、私にからんで来たのである。

私は恐ろしく、からだが、わくわく震えた。落ちつきを見せるために、机に頬杖《ほおづえ》をつき、笑いを無理に浮べて、

「いいえ、ね、その庭の隅に、薔薇が植えられて在るでしょう！　それが、だまされて買ったんです。」

「私と、どんな関係があるんですか？　おかしなことを言うじゃないですか。私の顔を見て、植えられたとは、おかしなことを言うじゃないですか。」

私も、今は笑わず、

「君のことを言ってるんじゃないよ。先日私は、だまされて不愉快だから、そのことを言っているのですよ。君は、そんな、ものの言いかたをしちゃ、いけないよ。」

「へん。こごとを聞きに来たようなものだ。お互い、一対一じゃねえか。五厘でも、一銭でも、もうけさせてもらったら、私は商人だ。どんなにでも、へえへえしてあげるが、そうでもなけれあ、何もお前さんに、こごとを聞かされるようなことは、ねえんだ。」

「それあ、理窟《りくつ》だ。そんなら、僕だって理窟を言うが、君は、僕を訪ねて来たんじゃないか。」誰に断って、のこのこ、ひとの庭先なんかへ、やって来たんだ、と言おうと思ったが、あんまりそれは、あさましい理窟で、言うのを止めた。

「訪ねたから、それがどうしました。」商人は、私が言い澱《よど》んでいるので、つけこんで来た。「私だって、一家のあるじだ。こごとなんて、聞きたくないや。だまされたなんて言うけれど、こうして植えて、たのしんでいるじゃないですか。」図星であった。私は、敗色が濃かった。

「それあ、たのしんでいる。僕は、四円もとられたんだぜ。」

「安いもんじゃないですか。」言下に反撥《はんぱつ》して来る。闘志満々である。「カフェへ行って酒を呑《の》むことを考えなさい。」失敬なことまで口走る。

「カフェなんかへは行かないよ。行きたくても、行けないんだ。四円なんて、僕には、おそろしく痛かったんですよ。」実相をぶちまけるより他は無い。

「痛かったかどうか、こっちの知ったことじゃないんです。」商人は、いよいよ勢を得て、へへんと私を嘲笑《ちょうしょう》した。「そんなに痛かったら、あっさり白状して断れば、よかったんだ。」

「それが僕の弱さだ。断れなかったんだ。」

「そんなに弱くて、どうしますか。」いよいよ私を軽蔑《けいべつ》する。「男一匹、そんなに弱くてよくこの世の中に生きて行けますね。」生意気なやつである。

「僕も、そう思うんだ。だから、これからは、要らないときには、はっきり要らないと断ろうと覚悟していたのだ。そこへ、君が来たというわけなんだ。」「ははは、」商人は、それを聞いてひどく笑った。「そういうわけですか。なるほどねえ。」とやはり、いや味な語調である。「わかりました。おいとましましょう。ことを聞きに来たんじゃないんだからなあ。一対一だ。そっくりかえっていることは無いんだ。」捨てぜりふを残して立ち去った。私はひそかに、ほっとした。

ふたたび、先日の贋百姓の描写に、あれこれと加筆して行きながら、私は、市井《しせい》に住むことの、むずかしさを考えた。

隣部屋で縫物をしていた妻が、あとで出て来て、私の応対の仕方の拙劣を笑い、商人には、うんと金のある振りを見せなければ、すぐ、あんなにばかにするものだ、四円が痛かったなど、下品なことは、これから、おっしゃらないように、と言った。

酒ぎらい

二日つづけて酒を呑んだのである。おとといの晩と、きのうと、二日つづけて酒を呑んで、けさは仕事しなければならぬので早く起きて、台所へ顔を洗いに行き、ふと見ると、一升瓶《びん》が四本からになっている。二日で四升呑んだわけである。勿論《もちろん》、私ひとりで四升呑みほしたわけでは無い。おとといの晩はめずらしいお客が三人、この三鷹の陋屋《ろうおく》にやって来ることになっていたので、私は、その二三日まえからそわそわして落ちつかなかった。一人は、W君といって、初対面の人である。いやいや、初対面では無い。お互い、十歳のころに一度、顔を見合せて、話もせず、それっきり二十年間、わかれていたのである。一つきほどまえから、私のところへ、ちょいちょい日刊工業新聞という、私などとは、とても縁の遠い新聞が送られて来て、私は、ちょっとひらいてみるのであるが、一向に読むところが無い。なぜ私に送って下さるのか、その真意を解しかねた。下劣な私は、これを押売りではないかとさえ疑った。家内にも言いきかせ、とにかく之《これ》は怪しいから、そっくり帯封も破らずそのままにして保存して置くよう、あとで代金を請求して来たら、ひとまとめにして返却するよう、手筈《てはず》をきめて置いたのである。そのうちに、新聞の帯封に差出人の名前を記して送って来るようになった。Wである。私の知らぬお名前であった。私は、幾度となく首ふって考えたが、わからなかった。そのうちに、「金木町のW」と帯封に書いてよこすようになった。金木町というのは、私の生れた町である。津軽平野のまんなかの、小さい町である。同じ町の生れゆえ、それで自社の新聞を送って下さったのだ、ということは、判明するに到ったが、やはり、どんなお人であるか、それは思い出すことができないのである。とにかく御好意のほどは、わかったのであるから、私は、すぐにお礼をハガキに書いて出した。「私は、十年も故郷へ帰らず、また、いまは肉親たちと音信さえ不通の有様なので、金木町のW様を、思い出すことが、できず、残念に存じて居ります。どなたさまで、ございましたでしょうか。おついでの折は、汚い家ですが、お立ち寄り下さい。」というようなことを書きしたためた筈である。相手の人の、おとしの程もわからず、或いは故郷の大先輩かも知れぬのだから、失礼に当らぬよう、言葉使いにも充分に注意した筈である。折返し長いお手紙を、いただいた。それで、わかった。裏の登記所のお坊ちゃんなのである。固苦しく言えば、青森県区裁判所金木町登記所々長の長男である。子供のころは、なんのことかわからず、ただ、トキショ、トキショと呼んでいた。私の家のすぐ裏で、W君は、私より一年、上級生だったので、直接、話をしたことは無かったけれど、たったいちど、その登記所の窓から、ひょいと顔を出した、その顔をちらりと見て、その顔だけが、二十年後のいまとなっても、色あせずに、はっきり残っていて、実に不思議な気がした。Wという名前も覚えていないし、それこそ、なんの恩怨《おんえん》もないのだし、私は高等学校時代の友人の顔でさえ忘れていることが、ままあるくらいの健忘症なのに、W君の、その窓から、ひょいと出した丸い顔だけは、まっくらい舞台に一箇所スポットライトを当てたようにあざやかに眼に見えているのである。W君も、内気なお人らしいから、私同様、外へ出て遊ぶことは、あまり無かったのではあるまいか。そのとき、たったいちどだけ、私はW君を見掛けて、それが二十年後のいまになっても、まるで、ちゃんと天然色写真にとって置いたみたいに、映像がぼやけずに胸に残って在るのである。私は、その顔をハガキに画いてみた。胸の映像のとおりに画くことができたので、うれしかった。たしかに、ソバカスが在ったのである。そのソバカスも、点々と散らして画いた。可愛《かわい》い顔である。私は、そのハガキをW君に送った。もし、間違っていたら、ごめんなさい、と大いに非礼を謝して、それでも、やはりその画を、お目に掛けずには、居られなかった。そうして、「十一月二日の夜、六時ごろ、やはり青森県出身の旧友が二人、拙宅へ、来る筈ですから、どうか、その夜は、おいで下さい。お願いいたします。」と書き添えた。Y君と、A君と二人さそい合せて、その夜、私の汚い家に遊びに来てくれることになっていたのである。Y君とも、十年ぶりで逢うわけである。Y君は、立派な人である。私の中学校の先輩である。もとから、情の深い人であった。五、六年間、いなくなった。大試錬である。その間、独房にてずいぶん堂々の修行をなされたことと思う。いまは或る書房の編輯部《へんしゅうぶ》に勤めて居られる。A君は、私と中学校同級であった。画家である。或る宴会で、これも十年ぶりくらいで、ひょいと顔を合せ、大いに私は興奮した。私が中学校の三年のとき、或る悪質の教師が、生徒を罰して得意顔の瞬間、私は、その教師に軽蔑をこめた大拍手を送った。たまったものでない。こんどは私が、さんざんに殴られた。このとき、私のために立ってくれたのが、A君である。A君は、ただちに同志を糾合して、ストライキを計った。全学級の大騒ぎになった。私は、恐怖のためにわなわな震えていた。ストライキになりかけたとき、その教師が、私たちの教室にこっそりやって来て、どもりながら陳謝した。ストライキは、とりやめとなった。A君とは、そんな共通の、なつかしい思い出がある。

Y君に、A君と、二人そろって私の家に遊びに来てくれることだけでも、私にとって、大きな感激なのに、いままた、W君と二十年ぶりに相逢《あ》うことのできるのであるから、私は、三日もまえから、そわそわして、「待つ」ということは、なかなか、つらい心理であると、いまさらながら痛感したのである。

よそから、もらったお酒が二升あった。私は、平常、家に酒を買って置くということは、きらいなのである。黄色く薄濁りした液体が一ぱいつまって在る一升瓶は、どうにも不潔な、卑猥《ひわい》な感じさえして、恥ずかしく、眼ざわりでならぬのである。台所の隅に、その一升瓶があるばっかりに、この狭い家全体が、どろりと濁って、甘酸《あまず》っぱい、へんな匂《にお》いさえ感じられ、なんだか、うしろ暗い思いなのである。家の西北の隅に、異様に醜怪の、不浄のものが、とぐろを巻いてひそんで在るようで、机に向って仕事をしていながらも、どうも、潔白の精進が、できないような不安な、うしろ髪ひかれる思いで、やりきれないのである。どうにも、落ちつかない。

夜、ひとり机に頬杖ついて、いろんなことを考えて、苦しく、不安になって、酒でも呑んでその気持を、ごまかしてしまいたくなることが、時々あって、そのときには、外へ出て、三鷹駅ちかくの、すしやに行き、大急ぎで酒を呑むのであるが、そんなときには、家に酒が在ると便利だと思わぬこともないが、どうも、家に酒を置くと気がかりで、そんなに呑みたくもないのに、ただ、台所から酒を追放したい気持から、がぶがぶ呑んで、呑みほしてしまうばかりで、常住、少量の酒を家に備えて、機に臨んで、ちょっと呑むという落ちつき澄ました芸は、できないのであるから、自然、All or Nothing の流儀で、ふだんは家の内に一滴の酒も置かず、呑みたい時は、外へ出て思うぞんぶんに呑む、という習慣が、ついてしまったのである。友人が来ても、たいてい外へ誘い出して呑むことにしている。家の者に聞かせたくない話題なども、ひょいと出るかも知れぬし、それに、酒は勿論、酒の肴《さかな》も、用意が無いので、つい、めんどうくさく、外へ出てしまうのである。大いに親しい人ならば、そうしておいでになる日が予《あらかじ》めわかっているならば、ちゃんと用意をして、徹宵《てつしょう》、くつろいで呑み合うのであるが、そんな親しい人は、私に、ほんの数えるほどしかない。そんな親しい人ならば、どんな貧しい肴でも恥ずかしくないし、家の者に聞かせたくないような話題も出る筈はないのであるから、私は大威張りで実に、たのしく、それこそ痛飲できるのであるが、そんな好機会は、二月に一度くらいのもので、あとは、たいてい突然の来訪にまごつき、つい、外へ出ることになるのである。なんといっても、ほんとうに親しい人と、家でゆっくり呑むのに越した楽しみは無いのである。ちょうどお酒が家に在るとき、ふらと、親しい人がたずねて来てくれたら、実に、うれしい。友あり、遠方より来《きた》る、というあの句が、おのずから胸中に湧《わ》き上る。けれども、いつ来るか、わからない。常住、酒を用意して待っているのでは、とても私は落ちつかない。ふだんは一滴も、酒を家の内に置きたくないのだから、その辺なかなか、うまく行かないのである。

友人が来たからと言って、何も、ことさらに酒を呑まなくても、よさそうなものであるが、どうも、いけない。私は、弱い男であるから、酒も呑まずに、まじめに対談していると、三十分くらいで、もう、へとへとになって、卑屈に、おどおどして来て、やりきれない思いをするのである。自由闊達《かったつ》に、意見の開陳など、とてもできないのである。ええとか、はあとか、生返事していて、まるっきり違ったことばかり考えている。心中、絶えず愚かな、堂々めぐりの自問自答を繰りかえしているばかりで、私は、まるで阿呆である。何も言えない。むだに疲れるのである。どうにも、やりきれない。酒を呑むと、気持を、ごまかすことができて、でたらめ言っても、そんなに内心、反省しなくなって、とても助かる。そのかわり、酔がさめると、後悔もひどい。土にまろび、大声で、わあっと、わめき叫びたい思いである。胸が、どきんどきんと騒ぎ立ち、いても立っても居られぬのだ。なんとも言えず侘《わ》びしいのである。死にたく思う。酒を知ってから、もう十年にもなるが、一向に、あの気持に馴《な》れることができない。平気で居られぬのである。慚愧《ざんき》、後悔の念に文字どおり転輾《てんてん》する。それなら、酒を止《よ》せばいいのに、やはり、友人の顔を見ると、変にもう興奮して、おびえるような震えを全身に覚えて、酒でも呑まなければ、助からなくなるのである。やっかいなことであると思っている。

おとといの夜、ほんとうに珍しい人ばかり三人、遊びに来てくれることになって、私は、その三日ばかり前から落ちつかなかった。台所にお酒が二升あった。これは、よそからいただいたもので、私は、その処置について思案していた矢先に、Y君から、十一月二日夜A君と二人で遊びに行く、というハガキをもらったので、よし、この機会にW君にも来ていただいて、四人でこの二升の処置をつけてしまおう、どうも家の内に酒が在ると眼ざわりで、不潔で、気が散って、いけない、四人で二升は、不足かも知れない、談たまたま佳境に入ったとたんに、女房が間抜顔して、もう酒は切れましたと報告するのは、聞くほうにとっては、甚《はなは》だ興覚めのものであるから、もう一升、酒屋へ行って、とどけさせなさい、と私は、もっともらしい顔して家の者に言いつけた。酒は、三升ある。台所に三本、瓶が並んでいる。それを見ては、どうしても落ちついているわけにはいかない。大犯罪を遂行するものの如《ごと》く、心中の不安、緊張は、極点にまで達した。身のほど知らぬぜいたくのようにも思われ、犯罪意識がひしひしと身にせまって、私は、おとといは朝から、意味もなく庭をぐるぐる廻って歩いたり、また狭い部屋の中を、のしのし歩きまわったり、時計を、五分毎《ごと》に見て、一図に日の暮れるのを待ったのである。

六時半にW君が来た。あの画には、おどろきましたよ。感心しましたね。ソバカスなんか、よく覚えていましたね。と、親しさを表現するために、わざと津軽訛《なまり》の言葉を使ってW君は、笑いながら言うのである。私も、久しぶりに津軽訛を耳にして、うれしく、こちらも大いに努力して津軽言葉を連発して、呑むべしや、今夜は、死ぬほど呑むべしや、というような工合いで、一刻も早く酔っぱらいたく、どんどん呑んだ。七時すこし過ぎに、Y君とA君とが、そろってやって来た。私は、ただもう呑んだ。感激を、なんと言い伝えていいかわからぬので、ただ呑んだ。死ぬほど呑んだ。十二時に、みなさん帰った。私は、ぶったおれるように寝てしまった。

きのうの朝、眼をさましてすぐ家の者にたずねた。「何か、失敗なかったかね。失敗しなかったかね。わるいこと言わなかったかね。」

失敗は無いようでした、という家の者の答えを聞き、よかった、と胸を撫《な》でた。けれども、なんだか、みんなあんなにいい人ばかりなのに、せっかく、こんな田舎までやって来て下さったのに、自分は何も、もてなすことができず、みんな一種の淋しさ、幻滅を抱いて帰ったのではなかろうかと、そんな心配が頭をもたげ、とみるみるその心配が夕立雲の如く全身にひろがり、やはり床の中で、いても立っても居られぬ転輾がはじまった。ことにもW君が、私の家の玄関にお酒を一升こっそり置いて行ったのを、その朝はじめて発見して、W君の好意が、たまらぬほどに身にしみて、その辺を裸足《はだし》で走りまわりたいほどに、苦痛であった。

そのとき、山梨県吉田町のN君が、たずねて来た。N君とは、去年の秋、私が御坂峠へ仕事しに行ったときからの友人である。こんど、東京の造船所に勤めることになりました、と晴れやかに笑って言った。私はN君を逃がすまいと思った。台所に、まだ酒が残って在る筈だ。それに、ゆうべW君が、わざわざ持って来てくれた酒が、一升在る。整理してしまおうと思った。きょう、台所の不浄のものを、きれいに掃除して、そうしてあすから、潔白の精進をはじめようと、ひそかに計画して、むりやりN君にも酒をすすめて、私も大いに呑んだ。そこへ、ひょっこり、Y君が奥さんと一緒に、ちょっとゆうべのお礼に、などと固苦しい挨拶《あいさつ》しにやって来られたのである。玄関で帰ろうとするのを、私は、Y君の手首を固くつかんで放さなかった。ちょっとでいいから、とにかく、ちょっとでいいから、奥さんも、どうぞ、と、ほとんど暴力的に座敷へあがってもらって、なにかと、わがままの理窟を言い、とうとうY君をも、酒の仲間に入れることに成功した。Y君は、その日は明治節で、勤めが休みなので、二、三親戚《しんせき》へ、ごぶさたのおわびに廻って、これから、もう一軒、顔出しせねばならぬから、と、ともすれば、逃げ出そうとするのを、いや、その一軒を残して置くほうが、人生の味だ、完璧《かんぺき》を望んでは、いけませんなどと屁理窟《へりくつ》言って、ついに四升のお酒を、一滴のこさず整理することに成功したのである。

自作を語る

私は今日まで、自作に就いて語った事が一度も無い。いやなのである。読者が、読んでわからなかったら、それまでの話だ。創作集に序文を附ける事さえ、いやである。

自作を説明するという事は、既に作者の敗北であると思っている。不愉快千万の事である。私がAという作品を創《つく》る。読者が読む。読者は、Aを面白くないという。いやな作品だという。それまでの話だ。いや、面白い筈《はず》だが、という抗弁は成り立つわけは無い。作者は、いよいよ惨《みじ》めになるばかりである。

いやなら、よしな、である。ずいぶん皆にわかってもらいたくて出来るだけ、ていねいに書いた筈である。それでも、わからないならば、黙って引き下るばかりである。

私の友人は、ほんの数えるくらいしか無い。私は、その少数の友人にも、自作の註《ちゅう》釈《しゃく》をした事は無い。発表しても、黙っている。あそこの所には苦心をしました、など一度も言った事が無い。興覚めなのである。そんな、苦心談でもって人を圧倒して迄《まで》、お義理の喝采《かっさい》を得ようとは思わない。芸術は、そんなに、人に強いるものではないと思う。

一日に三十枚は平気で書ける作家もいるという。私は一日五枚書くと大威張りだ。遅筆描写が下手だから苦労するのである。語彙《ごい》が貧弱だから、ペンが渋るのである。嘘字《うそじ》か、どうか不安なのである。一枚書くのに、二、三度は、辞林を調べている。

自作を語れ、と言われると、どうして私は、こんなに怒るのだろう。私は、自分の作品をあまり認めていないし、また、よその人の作品もそんなに認めていない。私が、いま考えている事を、そのまま率直に述べたら、人は、たちまち私を狂人あつかいにするだろう。狂人あつかいは、いやだ。やはり私は、沈黙していなければならぬ。もう少しの我慢である。

ああ早く、一枚三円以上の小説ばかりを書きたい。こんな事では、作家は、衰弱するばかりである。私が、はじめて「文藝」に創作を売ってから、もう七年になる。

流行は、したくない。また、流行するわけも無い。流行の虚無も知っている。一年一冊の創作集を出し、三千部くらいは売れてくれ。私の今までの十冊ちかい創作集のうちで、二千五百部の出版が最高である。

私の作品は、どう考えたって、映画化も劇化もされる余地が無い。だから優れた作品なのだ、というわけでは無い。「罪と罰」でも、「田園交響楽」でも、「阿部一族」でも、ちゃんと映画になっている様子だ。「女の決闘」の映画などは、在り得ない。

どうも、自作を語るのは、いやだ。自己嫌悪で一ぱいだ。「わが子を語れ」と言われたら、志賀直哉ほどの達人でも、ちょっと躊躇《ちゅうちょ》するにちがいない。出来のいい子は、出来のいい子で可愛《かわい》いし、出来の悪い子は、いっそう又かなしく可愛い。その間の機微を、あやまたず人に言い伝えるのは、至難である。それをまた、無理に語らせようとするのも酷ではないか。

私は、私の作品と共に生きている。私は、いつでも、言いたい事は、作品の中で言っている。他に言いたい事は無い。だから、その作品が拒否せられたら、それっきりだ。一言も無い。

私は、私の作品を、ほめてくれた人の前では極度に矮小《わいしょう》になる。その人を、だましているような気がするのだ。反対に、私の作品に、悪罵《あくば》を投げる人を、例外なく軽蔑《けいべつ》する。何を言ってやがると思う。

こんど河出書房から、近作だけを集めた「女の決闘」という創作集が出版せられた。女の決闘は、この雑誌（文章）に半箇年間、連載せられ、いたずらに読者を退屈がらせた様子である。こんど、まとめて一本にしたのを機会に、感想をお書きなさい、その他の作品にも、ふれて書いてくれたら結構に思います、というのが編輯者、辻森《つじもり》さんの言いつけである。辻森さんには、これまで、わがままを通してもらった。断り切れないのである。

私には、今更、感想は何も無い。このごろは、次の製作に夢中である。友人、山岸外史君から手紙をもらった。(「走れメロス」その義、神《しん》に通ぜんとし、「駈込み訴え」その愛欲、地に帰せんとす。)

亀井勝一郎君からも手紙をもらった。(「走れメロス」再読三読いよいよ、よし。傑作である。)

友人は、ありがたいものである。一巻の創作集の中から、作者の意図を、あやまたず摘出してくれる。山岸君も、亀井君も、お座なりを言うような軽薄な人物では無い。この二人に、わかってもらったら、もうそれでよい。

自作を語るなんてことは、老大家になってからする事だ。

五所川原

叔母が五所川原にいるので、小さい頃よく五所川原へ遊びに行きました。旭《あさひ》座の舞台開きも見に行きました。小学校の三、四年生の頃だったと思います。たしか友右衛門だった筈です。梅の由兵衛に泣かされました。廻舞台を、その時、生れてはじめて見て、思わず立ち上ってしまった程に驚きました。この旭座は、そののち間もなく火事を起し、全焼しました。その時の火焔《かえん》が、金木から、はっきり見えました。映写室から発火したという話でした。そうして、映画見物の小学生が十人ほど焼死しました。映写の技師が罪に問われました。過失傷害致死とかいう罪名でした。子供にも、どういうわけだか、その技師の罪名と運命を忘れる事が出来ませんでした。旭座という名前が「火」の字に関係があるから焼けたのだという噂《うわさ》も聞きました。二十年も前の事です。

七ツか、八ツの頃、五所川原の賑《にぎ》やかな通りを歩いて、どぶに落ちました。かなり深くて、水が顎《あご》のあたりまでありました。三尺ちかくあったのかも知れません。夜でした。上から男の人が手を差し出してくれたのでそれにつかまりました。ひき上げられて衆人環視の中で裸にされたので、実に困りました。ちょうど古着屋のまえでしたので、その店の古着を早速着せられました。女の子の浴衣でした。帯も、緑色の兵古《へこ》帯《おび》でした。ひどく恥かしく思いました。叔母が顔色を変えて走って来ました。

私は叔母に可愛がられて育ちました。私は、男ッぷりが悪いので、何かと人にからかわれて、ひとりでひがんでいましたが、叔母だけは、私を、いい男だと言ってくれました。他の人が、私の器量の悪口を言うと、叔母は、本気に怒りました。みんな遠い思い出になりました。

青森

青森には、四年いました。青森中学に通っていたのです。親戚《しんせき》の豊田様のお家に、ずっと世話になっていました。寺町の呉服屋の、豊田様であります。豊田の、なくなった「お父《ど》さ」は、私にずいぶん力こぶを入れて、何かとはげまして下さいました。私も、「おどさ」に、ずいぶん甘えていました。「おどさ」は、いい人でした。私が馬鹿な事ばかりやらかして、ちっとも立派な仕事をせぬうちになくなって、残念でなりません。もう五年、十年生きていてもらって、私が多少でもいい仕事をして、お父《ど》さに喜んでもらいたかった、とそればかり思います。いま考えると「おどさ」の有難いところばかり思い出され、残念でなりません。私が中学校で少しでも佳《よ》い成績をとると、おどさは、世界中の誰よりも喜んで下さいました。

私が中学の二年生の頃、寺町の小さい花屋に洋画が五、六枚かざられていて、私は子供心にも、その画に少し感心しました。そのうちの一枚を、二円で買いました。この画はいまにきっと高くなります、と生意気な事を言って、豊田の「おどさ」にあげました。おどさは笑っていました。あの画は、今も豊田様のお家に、あると思います。いまでは百円でも安すぎるでしょう。棟方志功氏の、初期の傑作でした。

棟方志功氏の姿は、東京で時折、見かけますが、あんまり颯爽《さっそう》と歩いているので、私はいつでも知らぬ振りをしています。けれども、あの頃の志功氏の画は、なかなか佳かったと思っています。もう、二十年ちかく昔の話になりました。豊田様のお家の、あの画が、もっと、うんと、高くなってくれたらいいと思って居ります。

天《てん》　狗《ぐ》

暑い時に、ふいと思い出すのは猿蓑《さるみの》の中にある「夏の月」である。

市中《いちなか》は物のにほひや夏の月　　凡　兆

いい句である。感覚の表現が正確である。私は漁師まちを思い出す。人によっては、神田神保町あたりを思い浮べたり、あるいは八丁堀の夜店などを思い出したり、それは、さまざまであろうが、何を思い浮べたってよい。自分の過去の或る夏の一夜が、ありありとよみがえって来るから不思議である。

猿蓑は、凡兆のひとり舞台だなんていう人さえあるくらいだが、まさか、それほどでもあるまいけれど、猿蓑に於《お》いては凡兆の佳句が二つ三つ在るという事だけは、たしかなようである。「市中は物のにほひや夏の月」これくらいの佳句を一生のうちに三つも作ったら、それだけで、その人は俳諧の名人として、歴史に残るかも知れない。佳句というものは少い。こころみに夏の月の巻をしらべてみても、へんな句が、ずいぶん多い。

市中は物のにほひや夏の月

芭蕉がそれにつづけて、

あつしあつしと門々《かどかど》の声

これが既に、へんである。所謂《いわゆる》、つき過ぎている。前句の説明に堕していて、くどい。蛇足的な説明である。たとえば、こんなものだ。

古池や蛙《かはづ》とびこむ水の音

音の聞えてなほ静かなり

これ程ひどくもないけれども、とにかく蛇足的註釈に過ぎないという点では同罪である。御師匠も、まずい附けかたをしたものだ。つき過ぎてもいかん、ただ面影にして附くべし、なんていつも弟子たちに教えている癖に御師匠自身も時には、こんな大失敗をやらかす。附きも附いたり、べた附きだ。凡兆の名句に、師匠が歴然と敗北している。手も足も出ないという情況だ。あつしあつしと門々の声。前句で既に、わかり切っている事だ。芸の無い事、おびただしい。それにつづけて、

二番草取りも果さず穂に出《いで》て

去来だ。苦笑を禁じ得ない。さぞや苦労をして作り出した句であろう。去来は真面目《まじめ》な人である。しゃれた人ではない。けれども、野暮な人は、とかく、しゃれた事を

してみたがるものである。器用、奇智にあこがれるのである。野暮な人は、野暮のままの句を作るべきだ。その時には、器用、奇智などの輩のとても及ばぬ立派な句が出来るものだ。

　　湖の水まさりけり五月雨

去来の傑作である。このように真面目に、おっとりと作ると実にいいのだが、器用ぶったりなんかして妙な工夫なんかすると、目もあてられぬ。さんたんたるものである。去来は、その悲惨に気がつかず、かえってしたり顔などをしているのだから、いよいよ手がつけられなくなる。ただ、ただ、可愛いというより他は無い。芭蕉も、あきらめて、去来を一ばん愛した。二番草取りも果さず穂に出て。面白くない句だ。なんという事もない。これでもずいぶん工夫した句にちがいない。二番草取りも果さず穂に出て。どうも面白くない。二番草、ここが苦労したところだ。どうです。ちょっとした趣向でしょう？　取りも果さず、この言い廻しには苦労しました。微妙なところですからね。でも、まあ、これで、どうやら、ナンテ。ただ、ただ、苦笑の他は無い。何度も読んでいるうちに、なんだか、恥ずかしくなって来る。去来さん、どうかその「趣向」だけは、やめて下さい。

　　灰打たたくうるめ一枚

凡兆が、それに続ける。わるくない。農夫の姿が眼前に浮ぶ。けれども、少し気取りすぎて、きざなところがある。ハイカラすぎる。芭蕉が続けて、

此筋《この》は銀《かね》も見知らず不自由さよ

少し濁っている。ごまかしている。私はこの句を、農夫の愚痴の呟《つぶや》きと解している。普通は、この句を、「田舎の人たちは銀も見知らずさぞ不自由な暮しであろう」という工合いによその人が、田舎の人の暮しを傍観して述懐したもののように解しているようだが、それだったら、実に、つまらない句だ。「此筋」も、いやみったらしいし、「お金が無いから不自由だろう」という感想は、あまりにも当然すぎた話で、ほとんど無意味に近い。「此筋」という言葉使いには、多少、方言が加味されているような気がする。お百姓の言葉だ。うるめの灰を打たきながら「此筋は銀も見知らず不自由さよ」と、ちょっと自嘲《じちょう》を含めた愚痴をもらしてみたところではなかろうか。「此筋」というのは、「此道筋と云はんが如《ごと》し」と幸田博士も言って居られたようであるが、それならば、「此筋」は「おらのほう」というような地理的な言葉になるが、私には、それよりも「おらたち」あるいは、「この程」「当節」というような漠然たる軽い言葉のように思われてならない。いずれにもせよ、いい句ではない。主観客観の別が、あきらかでない。「雨がザアザアやかましく降っていたが私には気がつかなかっ

た」というような馬鹿な文章に似ているところがある。はっきり客観の句だとすると、あまりにもあたりまえ過ぎて呆《あき》れるばかりだし、村人の呟きとすると、少し生彩も出て来るけれど、するとまた前句に附き過ぎる。このへん芭蕉も、凡兆にやられて、ちょっと厭気《いやけ》がさして来たのか、どうも気乗りがしないようだ。芭蕉は連句に於いて、わがままをする事がしばしばある。まるで、投げてしまう事がある。浮かぬ気持になるのであろう。それも知らずに、ただもう面白がって下手な趣向をこらしているのは去来である。去来、それにつづけて、

ただどひやうしに長き脇指《わきざし》

見事なものだ。滅茶苦茶だ。去来は、しすましたり、と内心ひとり、ほくほくだろうが、他の人は驚いたろう。まさに奇想天外、暗闇《くらやみ》から牛である。始末に困る。芭蕉も凡兆も、あとをつづけるのが、もう、いやになったろう。それとも知らず、去来ひとりは得意である。草取りから一転して、長き脇指があらわれた。着想の妙、仰天するばかりだ。ぶちこわしである。破天荒である。この一句があらわれたばかりに、あと、ダメになった。つづけ様が無いのである。去来ひとりは意気天をつかんばかりの勢いである。これは、師の芭蕉の罪でもある。あいまいに、思わせぶりの句を作るので、それに続ける去来も、いきおい、こんな事になってしまうのだ。芭蕉には、少し

意地悪いところもあるような気がして来る。からかっているようにさえ見える。此筋は銀も見知らず不自由さよ。この句を渡されて、去来を、いじめている。大いにまごつき、けれども、うむと真面目にうなずき、ただどひやうしに長き脇指。その間の両者の心理、目に見えるような気がする。とにかく、この長脇指が出たので滅茶苦茶になった。凡兆は笑いを嚙《か》み殺しながら、

　草むらに蛙こはがる夕まぐれ

と附けた。あきらかに駄句である。猿簑の凡兆の句には一つの駄句もない、すべて佳句である、と言っている人もあるが、そんな事は無い。やっぱり、駄句のほうが多い。佳句が、そんなに多かったら、芭蕉も凡兆の弟子になったであろう。芭蕉だって、名句が十あるかどうか、あやしいものだ。俳句は、楽焼や墨流しに似ているところがあって、人意のままにならぬところがあるものだ。失敗作が百あって、やっと一つの成功作が出来る。出来たら、それもいいほうで、一つも出来ぬほうが多いと思う。なにせ、十七文字なのだから。草むらに蛙こはがる夕まぐれ。下品ではないが安直すぎた。ほんのおつき合い。間に合せだ。

　蕗《ふき》の芽とりに行燈《あんど》ゆりけす

芭蕉がそれに続けた。これも、ほんのおつき合い。長き脇指に、そっぽを向いて勝

手に作っている。こうでもしなければ、作り様が無かったろう。とにかく、長き脇指には驚愕《きょうがく》した。「行燈ゆりけす」という描写は流石《さすが》である。長き脇指を静かに消してしまった。まず、どうにか長き脇指の始末がついて、ほっとした途端に、去来先生、またまた第三の巨弾を放った。曰《いわ》く、

　道心のおこりは花のつぼむ時

立派なものだ。もっともな句である。しかし、ちっとも面白くない。先日、或る中年のまじめな男が、私に自作の俳句を見せて、その中に「月清し、いたづら者の鏡かな」というのがあって、それには「法の心を」という前書が附いていた。実に、どうにも名句である。私は一語の感想をも、さしはさむ事が出来なかった。立派な句には、ただ、恐れ入るばかりである。凡兆も流石に不機嫌になった。冷酷な表情になって、

　能登の七尾の冬は住憂《すみう》き

と附けた。まったく去来を相手にせず、ぴしゃりと心の扉を閉ざしてしまった。多少怒っている。カチンと堅い句だ。石ころみたいな句である。旋律なく修辞のみ。

　魚の骨しはぶるまでの老《おい》を見て

芭蕉がそれに続ける。いよいよ黒っぽくなった。一座の空気が陰鬱《いんうつ》にさえなった。芭蕉も不機嫌、理窟《りくつ》っぽくさえなって来た。どうも気持がはずまない。あきらかに去

来の「道心のおこりは」の罪である。去来も、つまらない事をしたものだ。

さてそれから、二十五句ほど続いて「夏の月の巻」が終るのだが、佳句は少い。ちょうど約束の枚数に達したから、後の句に就いては書かないが、考えてみると私も、ずいぶん思いあがった乱暴な事を書いたものである。芭蕉、凡兆、去来、すべて俳句の名人として歴史に残っている人たちではないか。それを、夏の一夜の気まぐれに、何かと失礼に、からかったりして、その罪は軽くない。急におじけづいて、この一文に題して曰く、「天狗」。

夏の暑さに気がふれて、筆者は天狗になっているのだ。ゆるし給え。

春

もう、三十七歳になります。こないだ、或る先輩が、よく、まあ、君は、生きて来たなあ、としみじみ言っていました。私自身にも、三十七まで生きて来たのが、うそのように思われる事があります。戦争のおかげで、やっと、生き抜く力を得たようなものです。もう、子供が二人あります。上が女の子で、ことし五歳になります。下は、男の子で、これは昨年の八月に生れ、まだ何の芸も出来ません。敵機来襲の時には、妻が下の男の子を背負い、私は上の女の子を抱いて、防空壕《ごう》に飛び込みます。先日、にわかに敵機が降下して来て、すぐ近くに爆弾を落し、防空壕に飛び込むひまも無く、家族は二組にわかれて押入れにもぐり込みましたが、ガチャンと、もののこわれる音がして、上の女の子が、やあ、ガラスがこわれたと、恐怖も何も感じない様子で、無心に騒ぎ、敵機が去ってから、もの音のした方へ行って見ると、やっぱり、三畳間の窓ガラスが一枚こわれていました。私は黙って、しゃがんで、ガラスの破片を拾い集めましたが、その指先が震えているので苦笑しました。一刻も早く修理したくて、まだ空襲警報が解除されていないのに、油紙を切って、こわれた跡に張りつけましたが、汚い裏側のほうを外に向け、きれいなほうを内に向けて張ったので、妻は顔をしかめて、あたしがあとで致しますのに、あべこべですよ、それは、と言いました。私は、再び、苦笑しました。

疎開しなければならぬのですけれど、いろいろの事情で、そうして主として金銭の事情で、愚図々々しているうちに、もう、春がやって来ました。

ことしの東京の春は、北国の春とたいへん似ています。

雪溶けの滴《しずく》の音が、絶えず聞えるからです。上の女の子は、しきりに足袋を脱ぎたがります。

ことしの東京の雪は、四十年振りの大雪なのだそうですね。私が東京へ来てから、もうかれこれ十五年くらいになりますが、こんな大雪に遭った記憶はありません。

雪が溶けると同時に、花が咲きはじめるなんて、まるで、北国の春と同じですね。いながらにして故郷に疎開したような気持ちになれるのも、この大雪のおかげでした。いま、上の女の子が、はだしにカッコをはいて雪溶けの道を、その母に連れられて銭湯に出かけました。

きょうは、空襲が無いようです。

出征する年少の友人の旗に、男児畢生《ひっせい》危機一髪、と書いてやりました。
忙、閑、ともに間一髪。

海

東京の三鷹の家にいた頃は、毎日のように近所に爆弾が落ちて、私は死んだってかまわないが、しかしこの子の頭上に爆弾が落ちたら、この子はとうとう、海というものを一度も見ずに死んでしまうのだと思うと、つらい気がした。私は津軽平野のまんなかに生れたので、海を見ることがおそく、十歳くらいの時に、はじめて海を見たのである。そうして、その時の大興奮は、いまでも、私の最も貴重な思い出の一つになっているのである。この子にも、いちど海を見せてやりたい。

子供は女の子で五歳である。やがて、三鷹の家は爆弾でこわされたが、家の者は誰も傷を負わなかった。私たちは妻の里の甲府市へ移った。しかし、まもなく甲府市も敵機に襲われ、私たちのいる家は全焼した。しかし、戦いは尚《なお》つづく。いよいよ、私の生れた土地へ妻子を連れて行くより他は無い。そこが最後の死場所である。私たちは甲府から、津軽の生家に向って出発した。三昼夜かかって、やっと秋田県の東能代《ひがしのしろ》までたどりつき、そこから五能線に乗り換えて、少しほっとした。

「海は、海の見えるのは、どちら側です。」私はまず車掌に尋ねる。この線は海岸のすぐ近くを通っているのである。私たちは、海の見える側に坐った。

「海が見えるよ。もうすぐ見えるよ。浦島太郎さんの海が見えるよ。」私ひとり、何かと騒いでいる。

「ほら！　海だ。ごらん、海だよ、ああ、海だ。ね、大きいだろう、ね、海だよ。」とうとうこの子にも、海を見せてやる事が出来たのである。

「川だわねえ、お母さん。」と子供は平気である。

「川？」私は愕然《がくぜん》とした。

「ああ、川。」妻は半分眠りながら答える。

「川じゃないよ。海だよ。てんで、まるで、違うじゃないか！　川だなんて、ひどいじゃないか。」

実につまらない思いで、私ひとり、黄昏《たそがれ》の海を眺める。

わが半生を語る

生い立ちと環境

私は田舎のいわゆる金持ちと云われる家に生れました。たくさんの兄や姉がありまして、その末ッ子として、まず何不自由なく育ちました。その為に世間知らずの非常なはにかみやになって終《しま》いました。この私のはにかみが何か他人《ひと》からみると自分がそれを誇っているように見られやしないかと気にしています。

私は殆《ほとん》ど他人には満足に口もきけないほどの弱い性格で、従って生活力も零《ゼロ》に近いと自覚して、幼少より今迄《まで》すごして来ました。ですから私はむしろ厭世《えんせい》主義といってもいいようなもので、余り生きることに張合いを感じない。ただもう一刻も早くこの生活の恐怖から逃げ出したい。この世の中からおさらばしたいというようなことばかり、子供の頃から考えている質《たち》でした。

こういう私の性格が私を文学に志さしめた動機となったと云えるでしょう。育った家庭とか肉親とか或いは故郷という概念、そういうものがひどく抜き難く根ざしているような気がします。

私は自分の作品の中で、私の生れた家を自慢しているように思われるか知れませんが、かえって、まだ自分の家の事実の大きさよりも更に遠慮して、殆どそれは半分、いや、もっとはにかんで語っている程です。

一事が万事、なにかいつも自分がそのために人から非難せられ、仇敵視《きゆうてきし》されているような、そういう恐怖感がいつも自分につきまとって居ります。そのためにわざと、最下等の生活をしてみせたり、或いはどんな汚いことにでも平気になろうと心がけたけれども、しかしまさか私は縄の帯は締められない。

それが人はやはりどこか私を思い上っていると思う第一の原因になっているようであります。けれども私に言わせれば、それが私の弱さの一番の原因なので、そのために自分の身につけているもの全部をほうり出して差上げたいような思いをしたことが幾度あったかしれません。

例えば恋愛にしても、私だってそれは女から好意を寄せられることはたまにはありますけれども、自分がそんな金持ちの子供に生れたという点で女に好意をもたれているに過ぎないというように、人から思われるのが嫌で、恋愛をさえ幾度となく自分で断念したこともあります。

現に私の兄がいま青森県の民選知事をしておりますが、そう云うことを女にひと言でも云えば、それを種に女を口説くと思われはせぬかというので、却《かえ》っていつも芝居をしているように、自分をくだらなく見せるというような、殆ど愚かといってもいいくらいの努力をして生きて参りました。これは自分でももて余していて、どうにも解決のしようが未《いま》だに発見出来ません。

文壇生活？……

私がまだ東大の仏文科でまごまごしていた二十五歳の時、改造社の「文藝」という雑誌から何か短篇を書けといわれて、その時、あり合せの「逆行」という短篇を送った。それが二、三ヵ月後くらいに新聞の広告に大きく名前が他の諸先輩と並んで出て、それが後日第一回芥川賞の時に候補に上げられました。

その「逆行」と殆ど前後して同人雑誌「日本浪曼《ろうまん》派」に「道化の華」が発表されました。それが佐藤春夫先生の推奨にあずかり、その後、文学雑誌に次々と作品を発表することができました。

それで自分も文壇生活というか、小説を書いて或いは生活が出来るのではないかしらとかすかな希望をもつようになりました。それは大体年代からいうと昭和十年頃です。

省みますと、自分でははっきりと斯々《かくかく》の動機で文学を志したということは、判らないことで、殆ど無意識といってもいい位に、私はいつの間にやら文学の野原を歩いていたような気がするのです。気がついたらそれこそ往くも千里、帰るも千里というような、のっぴきならない文学の野原のまん中に立っていたのに気がついて、たいへん驚いたというようなところが真に近いかと思います。

先輩・好きな人達

私がおつき合いをお願いしている先輩は井伏鱒二《ますじ》氏一人といっていい位です。あと評論家では河上徹太郎、亀井勝一郎、この人達も「文學界」の関係から飲み友達になりました。もっと年とった方の先輩では、これは交友というのは失礼かも知れないけれど、お宅に上らせて頂いた方《かた》は佐藤先生と豊島與志雄先生です。そうして井伏さんにはとうとう現在の家内を媒酌して頂いた程、親しく願っております。井伏さんといえば、初期の「夜ふけと梅の花」という本の諸作品は、殆ど宝石を並べたような印象を受けました。また嘉村礒多《かむらいそた》なども昔から大変えらい人だと思っています。

これは弱い性格の人間の特徴かも知れませんが、人が余り騒ぐような、また尊敬しているような作品には一応、疑惑を持つ癖があります。

明治文壇では国木田独歩の短篇は非常にうまいと思っております。フランス文学では、十九世紀だったらばたいてい皆、バルザック、フローベル、そういう所謂《いわゆる》大文豪に心服していなければ、なにか文人たるものの資格に欠けるというような、へんな常識があるようですけれども、私はそんな大文豪の作品は、本当はあまり読んで好きじゃないのです。却ってミュッセ、ドーデー、あの辺の作家をひそかに愛読しております。ロシアではトルストイ、ドストイエフスキーなど、やはりみな、それに感心しなければ、文人の資格に欠けるというようなことが常識になっていて、それは確かにそういうものなのでしょうけれども、やはり自分はチェホフとか、誰よりもロシアではプーシュキン一人といってもいい位に傾倒しています。

私は変人に非ず

先月号の小説新潮の、文壇「話の泉」の会で、私は変人だと云うことになっているし、なにか縄帯でも締めているように思われている。また私の小説もただ風変りで珍らしい位に云われてきて、私はひそかに憂鬱な気持ちになっていたのです。世の中から変人とか奇人などといわれている人間は、案外気の弱い度胸のない、そういう人が自分を護《まも》るための擬装をしているのが多いのではないかと思われます。やはり生活に対して自信のなさから出ているのではないでしょうか。

私は自分を変人とも、変った男だとも思ったことはなく、きわめて当り前の、また旧《ふる》い道徳などにも非常にこだわる質の男です。それなのに、私が道徳など全然無視しているように思っている人が多いようですが、事実は全くその反対だ。

けれども、私は前にも云ったように、弱い性格なのでその弱さというものだけは認めなければならないと思っているのです。また人と議論することも私にはできない、これも自分の弱さといってもいいけれども、何か自分のキリスト主義みたいなものも多少含まれているような気がするのです。

キリスト主義といえば、私はいまそれこそ文字通りのあばら家に住んでいます。私だってそれは人並の家に住みたいとは思っています。子供も可哀そうだと思うこともあります。けれども私にはどうしてもいい家に住めないのです。それはプロレタリア意識とか、プロレタリアイデオロギーとか、そんなものから教えられたものでなく、キリストの汝等《なんじら》己を愛する如く隣人を愛せよという言葉をへんに頑固に思いこんでしまっているらしい。しかし己を愛する如く隣人を愛するということは、とてもやり切れるものではないと、この頃つくづく考えてきました。人間はみな同じものだ。そういう思想はただ人を自殺にかり立てるだけのものではないでしょうか。

キリストの己を愛するが如く汝の隣人を愛せよという言葉を、私はきっと違った解釈をしているのではなかろうか。あれはもっと別な意味があるのではなかろうか。そう考えた時、己を愛するが如くという言葉が思い出される。やはり己も愛さなければいけない。己を嫌って、或いは己を虐げて人を愛するのでは、自殺よりほかはないのが当然だということを、かすかに気がついてきましたが、然しそれはただ理窟です。自分の世の中の人に対する感情はやはりいつもはにかみで、背の丈を二寸くらい低くして歩いていなければいけないような実感をもって生きてきました。こんなところにも、私の文学の根拠があるような気がするのです。

また私は社会主義というものはやはり正しいものだという実感をもって居ります。そうしていま社会主義の世の中にやっとなったようで、片山総理などが日本の大将になったということは、やはり嬉《うれ》しいことではないかと思いながらも、私は昔と同じように、いや或いは昔以上に荒《すさ》んだ生活をしなければならん。この自分の不幸を思うと、もう自分に幸福というものは一生ないのかと、それはセンチメンタルな気持ちでなく、何だかいやに明瞭《めいりよう》にわかってきたようにこの頃感じます。

あれ、これと考え出すと私は酒を飲まずにおられなくなります。酒によって自分の文学観や作品が左右されるとは思いませんが、ただ酒は私の生活を非常にゆすぶっている。前にも申しましたように人と会っても満足に話が出来ず、後であれを言えばよかった、こうも言えばよかったなどと口惜《くや》しく思います。いつも人と会うときには殆《ほとん》どぐらぐら眩暈《めまい》をして、話をしていなければならんような性格なので、つい酒を飲むことになる。それで健康を害し、或いは経済の破綻《はたん》などもしばしばあって、家庭はいつも貧寒の趣きを呈しております。寝てからいろいろその改善を企図することもあるけれども、これはどうにも死ななきゃ直らないというような程度に迄なっているようです。

私も、もう三十九になりますが、世間にこれから暮してゆくということを考えると、呆然《ぼうぜん》とするだけで、まだ何の自信もありません。だから、そういういわば弱虫が、妻子を養ってゆくということは、むしろ悲惨といってもいいのではないかと思うこともあります。

「グッド・バイ」作者の言葉

唐詩選の五言絶句の中に、人生足別離の一句があり、私の或る先輩はこれを「サヨナラ」ダケガ人生ダ、と訳した。まことに、相逢《あ》った時のよろこびは、つかのまに消えるものだけれども、別離の傷心は深く、私たちは常に惜別の情の中に生きているといっても過言ではあるまい。

題して「グッド・バイ」現代の紳士淑女の、別離百態と言っては大袈裟《おおげさ》だけれども、さまざまの別離の様相を写し得たら、さいわい。

IV

川端康成へ

あなたは文藝春秋九月号に私への悪口を書いて居られる。「前略。――なるほど、道化の華の方が作者の生活や文学観を一杯に盛っているが、私見によれば、作者目下の生活に厭《いや》な雲ありて、才能の素直に発せざる憾《うら》みあった。」

おたがいに下手な嘘《うそ》はつかないことにしよう。私はあなたの文章を本屋の店頭で読み、たいへん不愉快であった。これでみると、まるであなたひとりで芥川賞をきめたように思われます。これは、あなたの文章ではない。きっと誰かに書かされた文章にちがいない。しかもあなたはそれをあらわに見せつけようと努力さえしている。「道化の華」は、三年前、私、二十四歳の夏に書いたものである。「海」という題であった。友人の今官一、伊馬鵜平《うへい》に読んでもらったが、それは、現在のものにくらべて、たいへん素朴な形式で、作中の「僕」という男の独白なぞは全くなかったのである。物語だけをきちんとまとめあげたものであった。そのとしの秋、ジッドのドストエフスキイ論を御近所の赤松月船氏より借りて読んで考えさせられ、私のその原始的な端正でさえあった「海」という作品をずたずたに切りきざんで、「僕」という男の顔を作中の随所に出没させ、日本にまだない小説だと友人間に威張ってまわった。友人の中村地平、久保隆一郎、それから御近所の井伏さんにも読んでもらって、評判がよい。元気を得て、さらに手を入れ、消し去り書き加え、五回ほど清書し直して、それから大事に押入れの紙袋の中にしまって置いた。今年の正月ごろ友人の檀一雄がそれを読み、これは、君、傑作だ、どこかの雑誌社へ持ち込め、僕は川端康成氏のところへたのみに行ってみる。川端氏にならば、きっとこの作品が判《わか》るにちがいない、と言った。そのうちに私は小説に行きづまり、謂《い》わば野ざらしを心に、旅に出た。それが小さい騒ぎになった。

どんなに兄貴からののしられてもいいから、五百円だけ借りたい。そうしてもういちど、やってみよう、私は東京へかえった。友人たちの骨折りのおかげで私は兄貴から、これから二三年のあいだ、月々、五十円のお金をもらえることになった。私はさっそく貸家を捜しまわっているうちに、盲腸炎を起し阿佐ヶ谷の篠原病院に収容された。膿《うみ》が腹膜にこぼれていて、少し手おくれであった。入院は今年の四月四日のことである。中谷孝雄が見舞いに来た。日本浪曼派へはいろう、そのお土産として「道化の華」を発表しよう。そんな話をした。「道化の華」は檀一雄の手許《てもと》にあった。檀一雄はなおも川端氏のところへ持って行ったらいいのだがなぞと主張していた。私は切開した腹部のいたみで、一寸もうごけなかった。そのうちに私は肺をわるくした。意識不明の日がつづいた。医者は責任を持てないと、言っていたと、あとで女房が教えて呉《く》れた。まる一月その外科の病院に寝たきりで、頭をもたげることさえようようであった。私は五月に世田谷区経堂の内科の病院に移された。ここに二ヵ月いた。七月一日、病院の組織がかわり職員も全部交代するとかで、患者もみんな追い出されるような始末であった。私は兄貴と、それから兄貴の知人である北芳四郎という洋服屋と二人で相談してきめて呉れた、千葉県船橋の土地へ移された。終日籐椅子《とういす》に寝そべり、朝夕軽い散歩をする。一週間に一度ずつ東京から医者が来る。その生活が二ヵ月ほどつづいて、八月の末、文藝春秋を本屋の店頭で読んだところが、あなたの文章があった。「作者目下の生活に厭な雲ありて、云々《うんぬん》。」事実、私は憤怒に燃えた。幾夜も寝苦しい思いをした。

小鳥を飼い、舞踏を見るのがそんなに立派な生活なのか。刺す。そうも思った。大悪党だと思った。そのうちに、ふとあなたの私に対するネルリのような、ひねこびた熱い強烈な愛情をずっと奥底に感じた。ちがう。ちがうと首をふったが、その、冷く装《よそお》うてはいるが、ドストエフスキイふうのはげしく錯乱したあなたの愛情が私のからだをかっかっとほてらせた。そうして、それはあなたにはなんにも気づかぬことだ。

私はいま、あなたと智慧《ちえ》くらべをしようとしているのではありません。私は、あなたのあの文章の中に「世間」を感じ、「金銭関係」のせつなさを嗅《か》いだ。私はそれを二三のひたむきな読者に知らせたいだけなのです。それは知らせなければならないことです。私たちは、もうそろそろ、にんじゅうの徳の美しさは疑いはじめているのだ。

菊池寛氏が、「まあ、それでもよかった。無難でよかった。」とにこにこ笑いながらハンケチで額の汗を拭《ぬぐ》っている光景を思うと、私は他意なく微笑《ほほえ》む。ほんとによかったと思われる。芥川龍之介を少し可哀《かわい》そうに思ったが、なに、これも「世間」だ。石川氏は立派な生活人だ。その点で彼は深く真正面に努めている。

ただ私は残念なのだ。川端康成の、さりげなさそうに装って、装い切れなかった嘘が、残念でならないのだ。こんな筈《はず》ではなかった。たしかに、こんな筈ではなかったのだ。あなたは、作家というものは「間抜け」の中で生きているものだということを、もっとはっきり意識してかからなければいけない。

緒方氏を殺した者

緒方氏の臨終は決して平和なものではなかったと聞いている。歯ぎしりして死んでいったと聞いている。私と緒方氏とは、ほんの二三度話合っただけの間柄ではあるが、よい小説家を、懸命に努力した人間を、よほどの不幸の場所に置いたまま、そのまま死なせてしまったという事実に就いて、かなりの苦痛を感じている。

追悼の文は、つくづく、むずかしいものである。一束の弔花を棺に投入して、そうしてハンケチで顔を覆《おお》って泣き崩れる姿は、これは気高いものであろうが、けれども、それはわかい女の姿であって、男が、いいとしをして、そんなことは、できない。真似《まね》られるものではない。へんに、しらじらしく真面目《まじめ》になるだけである。

誰が緒方氏を殺したのか。乱暴な言葉である。窒息するほどいやな言葉である。けれども私は、この不愉快極る疑問からのがれることができなかったのである。どうにも、かなわないので、真正面から取り組んでしまった。

ひと一人、くらい境遇に落ち込んだ場合、その肉親のうちの気の弱い者か、または、その友人のうちの口下手の者が、その責任を押しつけられ、犯しもせぬ罪を世人に謝し、なんとなく肩身のせまい思いをしているものである。それでは、いけない。

うっとうしいことである。作家がいけないのである。作家精神がいけないのである。不幸が、そんなにこわかったら、作家をよすことである。作家精神を捨てることである。不幸にあこがれたことがなかったか。病弱を美しいと思い描いたことがなかったか。敗北に享楽《きょうらく》したことがなかったか。不遇を尊敬したことがなかったか。愚かさを愛したことがなかったか。

全部、作家は、不幸である。誰もかれも、苦しみ苦しみ生きている。緒方氏を不幸にしたものは、緒方氏の作家である。緒方氏自身の作家精神である。たくましい、一流の作家精神である。

人の死んだ席で、なんの用事もせず、どっかと坐ったまま仏頂づらしてぶつぶつ屁《へ》理窟《りくつ》ならべている男の姿は、たしかに、見よいものではない。馬鹿である。気のきいたお悔みの言葉ひとつ述べることができない。許したまえ。この男は、悲しいのだ。自身の無力がくやしいのだ。息子戦死の報を聞くや、つと立って台所に行き、しゃっしゃっと米をといだという母親のぶざまと共に、この男の悲しみの顚倒《てんとう》した表現をも、苦笑してゆるしてもらいたい。

ずいぶんたくさん書くことを用意していた筈なのに、異様にこわばって、書けなくなった。追悼文は、いやだ。死人に口がないのだから、なお、いやだ。

織田君の死

織田君は死ぬ気でいたのである。私は織田君の短篇小説を二つ通読した事があるきりで、また、逢《あ》ったのも、二度、それもつい一箇月ほど前に、はじめて逢ったばかりで、かくべつ深い附合いがあったわけではない。

しかし、織田君の哀《かな》しさを、私はたいていの人よりも、はるかに深く感知していたつもりであった。

はじめて彼と銀座で逢い、「なんてまあ哀しい男だろう」と思い、私も、つらくてかなわなかった。彼の行く手には、死の壁以外に何も無いのが、ありありと見える心地がしたからだ。

こいつは、死ぬ気だ。しかし、おれには、どう仕様もない。先輩らしい忠告なんて、いやらしい偽善だ。ただ、見ているより外は無い。

死ぬ気でものを書きとばしている男。それは、いまのこの時代に、もっともっとたくさんあって当然のように私には感ぜられるのだが、しかし、案外、見当らない。いよいよ、くだらない世の中である。

世のおとなたちは、織田君の死に就いて、自重が足りなかったとか何とか、したり顔の批判を与えるかも知れないが、そんな恥知らずの事はもう言うな！

きのう読んだ辰野《たつの》氏のセナンクウルの紹介文の中に、次のようなセナンクウルの言葉が録《しる》されてあった。

「生を棄てて逃げ去るのは罪悪だと人は言う。しかし、僕に死を禁ずるその同じ詭弁《きべん》家《か》が時には僕を死の前にさらしたり、死に赴かせたりするのだ。彼等の考え出すいろいろな革新は僕の周囲に死の機会を増し、彼等の説くところは僕を死に導き、または彼等の定める法律は僕に死を与えるのだ。」

織田君を殺したのは、お前じゃないか。

彼のこのたびの急逝《きゅうせい》は、彼の哀しい最後の抗議の詩であった。

織田君！　君は、よくやった。

豊島與志雄著『高尾ざんげ』解説

私は先夜、眠られず、また、何の本も読みたくなくて、ある雑誌に載っていたヴァレリイの写真だけを一時間も、眺めていた。なんという悲しい顔をしているひとだろう、切株、接穂、淘汰《まびき》、手入れ、その株を切って、また接穂、淘汰《まびき》、手入れ、しかも、それは、サロンへの奉仕でしか無い。教養とは所詮《しょせん》、そんなものか。このような教養人の悲しさを、私に感じさせる人は、日本では、(私が逢った人のうちでは)豊島先生以外のお方は無かった。豊島先生は、いつも会場の薄暗い隅にいて、そうして微笑していらっしゃる。しかし、先生にとって、善人と言われるほど大いなる苦痛は無いのではないかと思われる。そこで、深夜の酔歩がはじまる。水甕《みずがめ》のお家をあこがれる。教養人は、弱くてだらしがない、と言われている。ひとから招待されても、それを断ることが、できない種属のように思われている。教養人は、スプーンで、林檎《りんご》を割る。それにはなにも意味がないのだ。比喩《ひゆ》でもないのだ。ある武士的な文豪は、台所の庖《ほう》丁《ちょう》でスパリと林檎を割って、そうして、得意のようである。はなはだしきは、鉈《なた》でもって林檎を一刀両断、これを見よ、亀井などという仁《じん》は感涙にむせぶ。どだい、教養というものを知らないのだ。象徴と、比喩と、ごちゃまぜにしているのである。比喩というものは、こうこうこうだから似ているじゃねえか、そっくりじゃねえか、笑わせやがる、そうして大笑い。それだけのものなのである。しかし、象徴というものはスプーンで林檎を割る。なんの意味もない。まったくなんの意味もないのだ。空が青い。なんの意味もない。雲が流れる。なんの意味もない。それだけなのである。それに意味づける教師たちは、比喩だけを知っていて、象徴を知らない。そうして、生徒たちが、その教師の教えを信奉し、比喩だけを知っていて、象徴を知らない。ほんとうの教養人というものは、自然に、象徴というものを体得しているようである。馬鹿な議論をしない。二階の窓から、そとを通るひとをぼんやり見ている。そうして、私たちのように、その人物にしつこい興味など持たない。彼は、ただ見ている。猫が、だるそうにやってくる。それを阿呆みたいに抱きかかえる。一言にしていえば、アニュイ。

音楽家で言えば、ショパンでもあろうか。日本の浪花節《なにわぶし》みたいな、また、講釈師みたいな、勇壮活潑《かっぱつ》な作家たちには、まるで理解ができないのではあるまいか。おそらく、豊島先生は、いちども、そんな勇壮活潑な、喧嘩《けんか》みたいなことを、なさったことはないのではあるまいか。いつも、負けてばかり、そうして、苦笑してばかりいらっしゃるのではあるまいか。まるで教養人の弱みであり、欠点でもあるように思われる。しかし、この頃、教養人は、強くならなければならない、と私は思うようになった。いわゆる車夫馬丁にたいしても、「馬鹿野郎」と、言えるくらいに、私はなりたいと思っている。できるかどうか。ひとから先生と言われただけでも、ひどく狼狽《ろうばい》する私たち、そのことが、ただ永遠の憧《あこが》れに終るのかも知れないが。

教養人というものは、どうしてこんなに頼りないものなのだろう。ヴィタリティというものがまったく、全然ないのだもの。

ああ、先生も、私と同様に、だらしがない。

そうして、日本で、いちばんの教養人だってさ。

最後に、末筆で失礼であるが、私は、学生時代、先生にひどいお世話になったことを、附記しておかねばならぬ。そうしてそれは、いつも、私の遠い悲しい思い出になっている。

『井伏鱒二選集』後記

第一巻

ことしの夏、私はすこしからだ具合いを悪くして寝たり起きたり、そのあいだ私の読書は、ほとんど井伏さんの著書に限られていた。筑摩書房の古田氏から、井伏さんの選集を編むことを頼まれていたからでもあったのだが、しかし、また、このような機会を利用して、私がほとんど二十五年間かわらずに敬愛しつづけて来た井伏鱒二という作家の作品全部を、あらためて読み直してみる事も、太宰という愚かな弟子の身の上にとって、ただごとに非《あら》ざる良薬になるかも知れぬという、いささか利己的な期待も無いわけでは無かったのである。

二十五年間？　活字のあやまりではないだろうか。太宰は、まだ三十九歳の筈《はず》である。三十九から二十五を引くと、十四だ。

しかし、それは、決して活字のあやまりではないのである。私は十四のとしから、井伏さんの作品を愛読していたのである。二十五年前、あれは大震災のとしではなかったかしら、井伏さんは或るささやかな同人雑誌に、はじめてその作品を発表なさって、当時、北の端の青森の中学一年生だった私は、それを読んで、坐っておられなかったくらいに興奮した。それは、「山椒魚《さんしょううお》」という作品であった。童話だと思って読んだのではない。当時すでに私は、かなりの小説通を以《もっ》てひそかに自任していたのである。そうして、「山椒魚」に接して、私は埋もれたる無名不遇の天才を発見したと思って興奮したのである。

嘘《うそ》ではないか？　太宰は、よく法螺《ほら》を吹くぜ。東京の文学者たちにさえ気づかなかった小品を、田舎の、それも本州北端の青森なんかの、中学一年生が見つけ出すなんて事は、まず無い、と井伏さんの創作集が五、六冊も出てからやっと、井伏鱒二という名前を発見したというような「人格者」たちは言うかもしれないが、私は少しも嘘をついてはいないのである。

私の長兄も次兄も三兄もたいへん小説が好きで、暑中休暇に東京のそれぞれの学校から田舎の生家に帰って来る時、さまざまの新刊本を持参し、そうして夏の夜、何やら文学論みたいなものをたたかわしていた。

久保万、吉井勇、菊池寛、里見、谷崎、芥川、みな新進作家のようであった。私はそれこそ一村童に過ぎなかったのだけれども、兄たちの文学書はこっそり全部読破していたし、また兄たちの議論を聞いて、それはちがう、など口に出しては言わなかったが腹の中でひそかに思っていた事もあった。そうして、中学校にはいる頃には、つまり私は、自分の文学の鑑識眼にかなりの自信を持っていたというわけなのである。

たしかに、あれは、関東大地震のとしではなかったかしら、と思うのであるが、そのとしの一夏を、私は母や叔母や姉やら従姉《いとこ》やらその他なんだか多勢で、浅虫温泉の旅館で遊び暮した事があって、その時、一番下のおしゃれな兄が、東京からやって来て、しばらく私たちと一緒に滞在し、東京の文壇のありさまなど、ところどころに嘘をまぜて（この兄は、冗談がうまかった）私たちに語って聞かせたのである。かれは上野の美術学校の彫刻科にはいっていたのであるが、彫刻よりも文学のほうが好きなようで、「十字街」という同人雑誌の同人になって、その表紙の絵をかいたり、また、創作も発表していた。しかし、私は、兄の彫刻も絵も、また創作も、あまり上手だとは思っていなかった。絵なども、ただ高価ないい絵具を使っているというだけで、他に感服すべきところを発見できなかった。その兄が、その夏に、東京の同人雑誌なるものを、三十種類くらい持って来て、そうしてその頃はやりの、突如活字を大きくしたり、またわざと活字をさかさにしたり、謂《い》わば絵画的手法とでもいったようなものを取りいれた奇妙な作品に、やたらに興じて、「これからは、このような作品を理解できないと、文学を語る資格が無いのだ」というような意味の事を言って、私たちをおどかしたのである。しかし私は、そのような作品には全然、無関心であった。そんな作品に打ち興じる兄を、軽薄だとさえ思った。

そうして私はその時、一冊の同人雑誌の片隅から井伏さんの作品を発見して、坐っておられないくらいに興奮し、「こんなのが、いいんです」と言って、兄に読ませたが、兄は浮かぬ顔をして、何だかぼやけた事を（何と言ったのか、いまは記憶に無いけれども）ムニャムニャ言っただけだった。しかし、私は確信していた。その三十種類くらいの同人雑誌に載っている全部の作品の中で、天才の作品は井伏さんのその「山椒魚」と、それから坪田譲治氏の、題は失念したけれども、子供を主題にした短篇小説だけであると思った。

私は自分が小説を書く事に於《お》いては、昔から今まで、からっきし、まったく、てんで自信が無くて生きて来たが、しかし、ひとの作品の鑑賞に於いては、それだけに於いては、ぐらつく事なく、はっきり自信を持ちつづけて来たつもりなのである。

私はそのとき以来、兄たちが夏休み毎《ごと》に東京から持って来るさまざまの文学雑誌の中から、井伏さんの作品を捜し出して、読み、その度毎に、実に、快哉《かいさい》を叫んだ。やがて、井伏さんの最初の短篇集「夜ふけと梅の花」が新潮社から出版せられて、私はその頃もう高等学校にはいっていたろうか、何でも夏休みで、私は故郷の生家でそれを読み、また、その短篇集の巻頭の著者近影に依《よ》って、井伏さんの渋くてこわくて、にこりともしない風貌《ふうぼう》にはじめて接し、やはり私のかねて思いはかっていた風貌と少しも違っていないのを知り、全く安心した。

私はいまでも、はっきり記憶しているが、私はその短篇集を読んで感慨に堪えず、その短篇集を懐《ふところ》にいれて、故郷の野原の沼のほとりに出て、うなだれて徘徊《はいかい》し、その短篇集の中の全部の作品を、はじめから一つ一つ、反すうしてみて、何か天の啓示のように、本当に、何だか肉体的な実感みたいに、「大丈夫だ」という確信を得たのである。もう誰が、どんなところから突いて来たって、この作家は大丈夫なのだという安心感を得て、実に私は満足であった。

それ以来である。私は二十五年間、井伏さんの作品を、信頼しつづけた。たしか私が高等学校にはいったとしの事であったと思うが、私はもはやたまりかねて、井伏さんに手紙をさし上げた。そうしてこれは実に苦笑ものであるが、私は井伏さんの作品から、その生活のあまりお楽でないように拝察せられたので、まことに少額の為替など封入した。そうして井伏さんから、れいの律儀な文面の御返事をいただき、有頂天になり、東京の大学へはいるとすぐに、袴《はかま》をはいて井伏さんのお宅に伺い、それからさまざま山ほど教えてもらい、生活の事までたくさんの御面倒をおかけして、そうしてただいま、その井伏さんの選集を編むことを筑摩書房から依頼されて、無量の思いも存するのである。

ばかに自分の事ばかり書きすぎたようにも思うが、しかし、作家が他の作家の作品の解説をするに当り、殊《こと》にその作家同士が、ほとんど親戚《しんせき》同士みたいな近い交際をしている場合、甚だ微妙な、それこそ飛石伝いにひょいひょい飛んで、庭のやわらかな苔《こけ》を踏まないように気をつけるみたいな心遣いが必要なもので、正面切った所謂《いわゆる》井伏鱒二論は、私は永遠にしないつもりなのだ。出来ないのではなくて、しないのである。

それゆえ、これから私が、この選集の全巻の解説をするに当っても、その個々の作品にまつわる私自身の追憶、或いは、井伏さんがその作品を製作していらっしゃるところに偶然私がお伺いして、その折の井伏さんの情景など記すにとどめるつもりであって、そのほうが高飛車に押しつける井伏論よりも、この選集の読者の素直な鑑賞をさまたげる事すくないのではないかと思われる。

さて、選集のこの第一巻には、井伏さんのあの最初の短篇集「夜ふけと梅の花」の中の作品のほとんど全部を収録し、それから一つ「谷間」をいれた。「谷間」は、その「夜ふけと梅の花」には、はいっていないのであるが、ほぼ同時代の作品ではあり、かつまたページ数の都合もあって、この第一巻にいれて置いた。

これらの作品はすべて、私自身にとっても思い出の深い作品ばかりであり、いまその目次を一つ一つ書き写していたら、世にめずらしい宝石を一つ一つ置き並べるような気持がした。

朽助は、乳母車を押しながら、しばしば立ちどまって帯をしめなおす癖があり、山椒魚は、「俺にも相当な考えがあるんだ」とあたかも一つの決心がついたかのごとく呟《つぶや》くが、しかし、何一つとしてうまい考えは無く、谷間の老人は馬に乗って威厳のある演説をしようとするが、馬は老人の意志を無視してどこまでも一直線に歩き、彼は演説をしながら心ならずも旅人の如《ごと》く往還に出て、さらに北へ向って行ってしまわなければならないのである。

思わず、一言、私は批評めいた感懐を述べたくなるが、しかし、読者の鑑賞を、ただ一面に固定させる事を私は極度におそれる。何も言うまい。ゆっくり何度も繰りかえして読んで下さい。いい芸術とは、こんなものなのだから。

昭和二十二年、晩秋。

第二巻

この「井伏鱒二選集」は、だいたい、発表の年代順に、その作品の配列を行い、この第二巻は、それ故《ゆえ》、第一巻の諸作品に直ぐつづいて発表せられたものの中から、特に十三篇を選んで編纂《へんさん》せられたのである。

ところで、私の最初の考えでは、この選集の巻数がいくら多くなってもかまわぬ、なるべく、井伏さんの作品の全部を収録してみたい、そんな考えでいたのであるが、井伏さんはそれに頑固に反対なさって、巻数が、どんなに少くなってもかまわぬ、駄作はこの選集から絶対に排除しなければならぬという御意見で、私と井伏さんとは、その後も数度、筑摩書房の石井君を通じて折衝を重ね、とうとう第二巻はこの十三篇というところで折合がついたのである。

第一巻の後記にも書いておいたはずであるが、私はこの選集の毎巻の末尾に少しずつ何か書くことになっているとはいうものの、それは読者の自由な鑑賞を妨げないように、出しゃばった解説はできるだけ避け、おもに井伏さんの作品にまつわる私自身の追憶を記すにとどめるつもりなので、今回もこの巻の「青ケ島大概記」などを中心にして、昔のことを物語ろうと思う。

井伏さんは、今でもそれは、お苦しいにはちがいないだろうが、この「青ケ島大概記」などをお書きになっていらした頃は、文学者の孤独または小説の道の断橋を、凄《せい》惨《さん》な程、強烈に意識なされていたのではなかろうか。

四十歳近い頃の作品と思われるが、その頃に突きあたる絶壁は、作家をして呆然《ぼうぜん》たらしめるものがあるようで、私のような下手な作家でさえ、少しは我が身に思い当るところもないではない。たしか、その頃のことと記憶しているが、井伏さんが銀座からの帰りに荻窪《おぎくぼ》のおでんやに立寄り、お酒を呑《の》んで、それから、すっと外へ出て、いきなり声を挙げて泣かれたことがあった。ずいぶん泣いた。途中で眼鏡をはずしてお泣きになった。私も四十歳近くなって、或る夜、道を歩きながら、ひとりでひどく泣いたことがあったけれども、その時、私には井伏さんのあの頃のつらさが少しわかりかけたような気がした。

しかし、つらい時の作品にはまた、異常な張りがあるものらしく、この「青ケ島大概記」などは井伏さんの作品には珍らしく、がむしゃらな、雄渾《ゆうこん》とでもいうべき気配が感ぜられるようである。

私は、第一巻のあとがきにも書いておいたように、井伏さんとはあまりにも近くまた永いつきあいなので、いま改って批評など、てれくさくて、とても出来やしないが、しかし、井伏さんの同輩の人たちから、井伏さんの小説に就いての、いろいろまちまちの論を、酒の座などで聞いたことはある。

「井伏の小説は、井伏の将棋と同じだ。槍《やり》を歩のように一つずつ進める。」

「井伏の小説は、決して攻めない。巻き込む。吸い込む。遠心力よりも求心力が強い。」

「井伏の小説は、泣かせない。読者が泣こうとすると、ふっと切る。」

「井伏の小説は、実に、逃げ足が早い。」

また、或る人は、ご叮嚀《ていねい》にも、モンテーニュのエッセエの「古人の吝嗇《つましさ》に就いて」という章を私に見せて、これが井伏の小説の本質だなどと言った。すなわち、

「アフリカに於ける羅馬《ローマ》軍の大将アッチリウス・レグルスは、カルタゴ人に打ち勝って光栄の真中にあったのに、本国に書を送って、全体で僅《わず》か七アルペントばかりにしかならぬ自分の地処の管理を頼んでおいた小作人が、農具を奪って遁走《とんそう》したことを訴え、且《か》つ、妻子が困っているといけないから帰国してその始末を致したいと、暇《いとまこ》を乞うた。

老いたるカトンは、サルジニア総督時代には、徒歩で巡視をした。お供と云えば

唯《ただ》国の役人を一人つれたきりで、いや最も屢々《しばしば》、自分で行李《こうり》を持って歩いた。彼は、一エキュ以上ずる着物を着たことがない、一日に一文以上市場に払ったことがない、と自慢した。また、田舎にある自分の家は、外側に壁土をつけないものばかりだと、自慢した。また、伝うる所によれば、ホメロスは、唯一人しか下僕を持ったことがなかった。プラトンは三人。ストワ派の頭ゼノンは、唯の一人も持たなかった。チベリウス・グラックスは、国のために任に赴いた時、羅馬最高位の人であったのに、一日に唯の五文半しか支給せられなかった。」

しかし、そのような諸先輩のいろいろまちまちの論は、いずれもこの「青ケ島大概記」に於てだけは、当るといえども甚だ遠いものではなかろうかと私には思われるのだ。

井伏さんが「青ケ島大概記」をお書きになった頃には、私も二つ三つ、つたない作品を発表していて、或る朝、井伏さんの奥様が、私の下宿に訪ねてこられ、井伏が締切に追われて弱っているとおっしゃったので、私が様子を見にすぐかけつけたところが、井伏さんは、その前夜も徹夜し、その日も徹夜の覚悟のように見受けられた。

「手伝いましょう。どんどんお書きになってください。僕がそれを片はしから清書いたしますから。」

井伏さんも、少し元気を取り戻したようで、握り飯など召し上りながら、原稿用紙の裏にこまかい字でくしゃくしゃと書く。私はそれを一字一字、別な原稿用紙に清書する。

「ここは、どう書いたらいいものかな。」

井伏さんはときどき筆をやすめて、ひとりごとのように呟く。

「どんなところですか？」

私は井伏さんに少しでも早く書かせたいので、そんな出しゃばった質問をする。

「うん、噴火の所なんだがね。君は、噴火でどんな場合が一ばんこわいかね。」

「石が降ってくるというじゃありませんか。石の雨に当ったらかなわねえ。」

「そうかね。」

井伏さんは、浮かぬ顔をしてそう答え、即座に何やらくしゃくしゃと書き、私の方によこす。

「島山鳴動して猛火は炎々と右の火穴より噴き出《い》だし火石を天空に吹きあげ、息をだにつく隙間もなく火石は島中へ降りそそぎ申し候。大石の雨も降りしきるなり。大なる石は虚空《こくう》より唸《うな》りの風音をたて隕石《いんせき》のごとく速かに落下し来《きた》り直ちに男女を打ちひしぎ候。小なるものは天空たかく舞ひあがり、大虚を二三日とびさまよひ候。」

私はそれを一字一字清書しながら、天才を実感して戦慄《せんりつ》した。私のこれまでの生涯《しょうがい》に於て、日本の作家に天才を実感させられたのは、あとにも先にも、たったこの一度だけであった。

「おれは、勉強しだいでは、谷崎潤一郎には成れるけれども、井伏鱒二には成れない。」

私は、阿佐ヶ谷のピノチオという支那料理店で酔っ払い、友人に向ってそう云ったのを記憶している。

「青ケ島大概記」が発表せられて間もなく、私が井伏さんのお宅へ遊びに行き、例によって将棋をさし、ふいと思い出したように井伏さんがおっしゃった。

「あのね。」

機嫌のよいお顔だった。

「何ですか。」

「あのね、谷崎潤一郎がね、僕の青ケ島を賞《ほ》めていたそうだ。佐藤（春夫）さんがそう云ってた。」

「うれしいですか。」

「うん。」

私には不満だった。

第三巻

この巻には、井伏さんの所謂円熟の、悠々たる筆致の作品三つを集めてみた。どの作品に於ても、読者は、充分にたんのうできる筈《はず》である。例によって、個々の作品の批評がましいことは避けて、こんども私自身の思い出を語るつもりである。

この巻の作品を、お読みになった人には、すぐにおわかりのことと思うが、井伏さんと下宿生活というものの間には、非常な深い因縁があるように思われる。青春、その実体はなんだか私にもわからないが、若い頃という言葉に言い直せば、多少はっきりして来るだろう。その、青春時代、或いは、若い頃、どんな雰囲気《ふんいき》の生活をして来たか、それに依って人間の生涯が、規定せられてしまうものの如く、思わせるのは、実に、井伏さんの下宿生活のにおいである。

井伏さんは、所謂「早稲田界隈《わせだかいわい》」をきらいだと言っていらしたのを、私は聞いている。あのにおいから脱けなければダメだ、とも言っていらした。

けれども、井伏さんほど、そのにおいに哀しい愛着をお持ちになっていらっしゃる方を私は知らない。学生時代にボートの選手をしていたひとは、五十六十になっても、ボートを見ると、なつかしいという気持よりは、ぞっとするものらしいが、しかし、また、それこそ我知らず、食い入るように見つめているもののようである。

早稲田界隈。

下宿生活。

井伏さんの青春は、そこに於て浪費せられたかの如くに思われる。汝《なんじ》を愛し、汝を憎む。井伏さんの下宿生活に対する感情も、それに近いのではないかと考えられる。

いつか、私は、井伏さんと一緒に、(何の用事だったか、いま正確には思い出せないが、とにかく、何かの用事があったのだ)所謂早稲田界隈に出かけたことがあったけれども、その時の下宿屋街を歩いている井伏さんの姿には、金魚鉢から池に放たれた金魚の如き面影があった。

私は、その頃まだ学生であった。しかし、早稲田界隈の下宿生活には縁が薄かった。謂《い》わば、はじめて見たといってもよい。それは、遠慮なく言って、異様なものであった。

井伏さんが、歩いていると、右から左から後から、所謂「後輩」というものが、いつのまにやら十人以上もまつわりついて、そうかと言って、別に井伏さんに話があるわけでも無いようで、ただ、磁石に引き寄せられる釘《くぎ》みたいに、ぞろぞろついて来るのである。いま思えば、その釘の中には、後年の流行作家も沢山いたようである。髪を長く伸ばして、脊広《せびろ》、或いは着流し、およそ学生らしくない人たちばかりであったが、それでも皆、早稲田の文科生であったらしい。

どこまでも、ついて来る。じっさい、どこまでも、ついて来る。

そこで井伏さんも往生して、何とかという、名前は忘れたが、或る小さいカフェに入った。どやどやと、つきものも入って来たのは勿論《もちろん》である。

失礼ながら、井伏さんは、いまでもそうにちがいないが、当時はなおさら懐中貧困であった。私も、もちろん貧困だった。二人のアリガネを合わせても、とてもその「後輩」たちに酒肴《しゅこう》を供するに足りる筈はなかったのである。

しかし、事態は、そこまで到っている。皆、呑むつもりなのだ。早稲田界隈の親分を思いがけなく迎えて、当然、呑むべきだと思っているらしい気配なのだ。

私は井伏さんの顔を見た。皆に囲まれて籐椅子《とういす》に坐って、ああ、あの時の井伏さんの不安の表情。私は忘れることが出来ない。それから、どうなったか、私には、正確な記憶が無い。

井伏さんも酔わず、私も酔わず、浅く呑んで、どうやら大過なく、引き上げたことだけはたしかである。

井伏さんと早稲田界隈。私には、怪談みたいに思われる。

井伏さんも、その日、よっぽど当惑した御様子で、私と一緒に省線で帰り、阿佐ヶ谷で降り、(阿佐ヶ谷には、井伏さんの、借りのきく飲み屋があった)改札口を出て、井伏さんは立ち止り、私の方にくるりと向き直って、こうおっしゃった。

「よかったねえ。どうなることかと思った。よかったねえ。」

早稲田界隈の下宿街は、井伏さんに一生つきまとい、井伏さんは阿佐ヶ谷方面へお逃げになっても、やっぱり追いかけて行くだろう。

井伏さんと下宿生活。

けれども、日本の文学が、そのために、一つの重大な収穫を得たのである。

第四巻

れいに依《よ》って、発表の年代順に、そうして著者みずからのその作品に対する愛着の程をも考慮し、この巻には以上の如《ごと》き作品を収録することにした。

気がついてみると、その作品の大部分は、「旅」に於ける収穫のように見受けられるのだ。

第三巻の後記に於て、私は井伏さんと早稲田界隈との因果関係に触れたが、その早稲田界隈に優《まさ》るとも劣らぬ程のそれこそ「宿命的」と言ってもいいくらいの、縁が、井伏さんの文学と「旅」とにつながっていると言いたい気持にさえなるのである。

人間の一生は、旅である。私なども、女房の傍に居ても、子供と遊んで居ても、恋人と街を歩いても、それが自分の所謂《いわゆる》「ついに」落ち着くことを得ないのであるが、この旅にもまた、旅行上手というものと、旅行下手というものと両者が存するようである。

旅行下手というものは、旅行の第一日に於て、既に旅行をいやになるほど満喫し、二日目は、旅費の殆《ほと》んど全部を失っていることに気がつき、旅の風景を享楽《きようらく》するどころか、まことに俗な、金銭の心配だけで、へとへとになり、旅行も地獄、這《は》うようにして女房の許《もと》に帰り、そうして女房に怒られて居るものである。

旅行上手の者に到っては、事情がまるで正反対である。

ここで、具体的に井伏さんの旅行のしかたを紹介しよう。

第一に、井伏さんは釣道具を肩にかついで旅行なされる。井伏さんが本心から釣が好きということについては、私にもいささか疑念があるのだが、旅行に釣竿《つりざお》をかついで出掛けるということは、それは釣の名人というよりは、旅行の名人といった方が、適切なのではなかろうかと考えて居る。

旅行は元来（人間の生活というものも、同じことだと思われるが）手持ち無沙汰なものである。朝から晩まで、温泉旅館のヴェランダの籐椅子に腰掛けて、前方の山の紅葉を眺めてばかり暮すことの出来る人は、阿呆ではなかろうか。

何かしなければならぬ。

釣。

将棋。

そこに井伏さんの全霊が打ち込まれているのだかどうだか、それは私にもわからないが、しかし、旅の姿として最高のもののように思われる。金銭の浪費がないばかりでなく、情熱の浪費もそこにない。井伏さんの文学が十年一日の如く、その健在を保持して居る秘密の鍵《かぎ》も、その辺にあるらしく思われる。

旅行の上手な人は、生活に於ても絶対に敗れることは無い。謂わば、花札の「降りかた」を知って居るのである。

旅行に於て、旅行下手の人の最も閉口するのは、目的地へ着くまでの乗物に於ける時間であろう。すなわちそれは、数時間、人生から「降りて」居るのである。それに耐え切れず、車中でウイスキーを呑《の》み、それでもこらえ切れず途中下車して、自身の力で動き廻ろうともがくのである。

けれども、所謂「旅行上手」の人は、その乗車時間を、楽しむ、とまでは言えないかも知れないが、少なくとも、観念出来る。

この観念出来るということは、恐ろしいという言葉をつかってもいいくらいの、たいした能力である。人はこの能力に戦慄することに於て、はなはだ鈍である。

動きのあること。それは世のジャーナリストたちに屢々《しばしば》好評を以《もっ》て迎えられ、動きのないこと、その努力、それについては不感症では無かろうかと思われる程、盲目である。

重ねて言う。井伏さんは旅の名人である。目立たない旅をする。旅の服装も、お粗末である。

いつか、井伏さんが釣竿をかついで、南伊豆の或る旅館に行き、そこの女将《おかみ》から、「お部屋は一つしか空いて居りませんが、それは、きょう、東京から井伏先生という方がおいでになるから、よろしく頼むと或る人からお電話でしたからすみませんけど。」

　と断わられたことがある。その南伊豆の温泉に達するには、東京から五時間ちかくかかるようだったが、井伏さんは女将にそう言われて、ただ、

「はあ。」

とおっしゃっただけで、またも釣竿をかつぎ、そのまま真直に東京の荻窪のお宅に帰られたことがある。

　なかなか出来ないことである。いや、私などには、一生、どんなに所謂「修行」をしても出来っこない。

不敗。井伏さんのそのような態度にこそ、不敗の因子が宿っているのではあるまいか。

井伏さんと旅行。このテーマについては、私はもっともっと書きたく、誘惑せられる。

次々と思い出が蘇《よみが》える。井伏さんは時々おっしゃる。

「人間は、一緒に旅行をすると、その旅の道連れの本性がよくわかる。」

旅は、徒然《つれづれ》の姿に似て居ながら、人間の決戦場かも知れない。

この巻の井伏さんの、ゆるやかな旅行見聞記みたいな作品をお読みになりながら、

以上の私の注進も、読者はその胸のどこかの片隅に湛《たた》えておいて頂けたら、うれしい。

井伏さんと私と一緒に旅行したことのさまざまの思い出は、また、のちの巻の後記に書くことがあるだろうと思われる。

V

如《によ》是《ぜ》我《が》聞《もん》

一

他人を攻撃したって、つまらない。攻撃すべきは、あの者たちの神だ。敵の神をこそ撃つべきだ。でも、撃つには先《ま》ず、敵の神を発見しなければならぬ。ひとは、自分の真の神をよく隠す。

これは、仏人ヴァレリイの呟《つぶや》きらしいが、自分は、この十年間、腹が立っても、抑えに抑えていたことを、これから毎月、この雑誌（新潮）に、どんなに人からそのために、不愉快がられても、書いて行かなければならぬ、そのような、自分の意志によらぬ「時期」がいよいよ来たようなので、様々の縁故にもお許しをねがい、或いは義絶も思い設け、こんなことは大袈裟《おおげさ》とか、或いは気障《きざ》とか言われ、あの者たちに、顰《ひん》蹙《しゅく》せられるのは承知の上で、つまり、自分の抗議を書いてみるつもりなのである。

私は、最初にヴァレリイの呟きを持ち出したが、それは、毒を以《も》って毒を制するという気持もない訳ではないのだ。私のこれから撃つべき相手の者たちの大半は、たとえばパリイに二十年前に留学し、或いは母ひとり子ひとり、家計のために、いまはフランス文学大受け、孝行息子、かせぐ夫、それだけのことで、やたらと仏人の名前を書き連ねて以て、所謂《いわゆる》「文化人」の花形と、ご当人は、まさか、そう思ってもいないだろうが、世の馬鹿者が、それを昔の戦陣訓の作者みたいに迎えているらしい気配に、「便乗」している者たちである。また、もう一つ、私のどうしても嫌いなのは、古いものを古いままに肯定している者たちである。新らしい秩序というものも、ある筈《はず》である。それが、整然と見えるまでには、多少の混乱があるかも知れない。しかし、それは、金魚鉢に金魚藻《も》を投入したときの、多少の混濁の如《ごと》きものではないかと思われる。

それでは、私は今月は何を言うべきであろうか。ダンテの地獄篇の初めに出てくる（名前はいま、たしかな事は忘れた）あのエルギリウスとか何とかいう老詩人の如く、余りに久しくもの言わざりしにより声しわがれ、急に、諸君の眠りを覚ます程の水際《みずぎわ》立った響きのことは書けないかも知れないが、次第に諸君の共感を得る筈だと確信して、こうして書いているのだ。そうでもなければ、この紙不足の時代に、わざわざ書くてもないだろう、ではないか。

一群の「老大家」というものがある。私は、その者たちの一人とも面接の機会を得たことがない。私は、その者たちの自信の強さにあきれている。彼らの、その確信は、どこから出ているのだろう。所謂、彼らの神は何だろう。私は、やっとこの頃それを知った。

家庭である。

家庭のエゴイズムである。

それが結局の祈りである。私は、あの者たちに、あざむかれたと思っている。ゲスな言い方をするけれども、妻子が可愛《かわい》いだけじゃねえか。

私は、或る「老大家」の小説を読んでみた。何のことはない、周囲のごひいきのお好みに応じた表情を、キッとなって構えて見せているだけであった。軽薄も極まっているのであるが、馬鹿者は、それを「立派」と言い、「潔癖」と言い、ひどい者は、「貴族的」なぞと言ってあがめているようである。

世の中をあざむくとは、この者たちのことを言うのである。軽薄ならば、軽薄でかまわないじゃないか。何故、自分の本質のそんな軽薄を、他の質と置き換えて見せつけなければいけないのか。軽薄を非難しているのではない。私だって、この世の最も軽薄な男ではないかしらと考えている。何故、それを、他の質とまぎらわせなければいけないのか、私にはどうしても、不可解なのだ。所詮《しょせん》は、家庭生活の安楽だけが、最後の念願だからではあるまいか。女房の意見に圧倒せられていながら、何かしら、女房にみとめてもらいたい気持、ああ、いやらしい、そんな気持が、作品の何処《どこ》かに、たとえば、お便所の臭《にお》いのように私を、たよりなくさせるのだ。

わびしさ。それは、貴重な心の糧《かて》だ。しかし、そのわびしさが、ただ自分の家庭とだけつながっている時には、はたから見て、頗《すこぶ》るみにくいものである。

そのみにくさを、自分で所謂「恐縮」して書いているのならば、面白い読物にでもなるであろう。しかし、それを自身が殉教者みたいに、いやに気取って書いていて、その苦しさに襟を正す読者もあるとか聞いて、その馬鹿らしさには、あきれはてるばかりである。

人生とは、（私は確信を以て、それだけは言えるのであるが、苦しい場所である。生れて来たのが不幸の始まりである。）ただ、人と争うことであって、その暇々に、私たちは、何かおいしいものを食べなければいけないのである。

ためになる。

それが何だ。おいしいものを、所謂「ために」ならなくても、味わなければ、何処に私たちの生きている証拠があるのだろう。おいしいものは、味わなければいけない。味うべきである。しかし、いままでの所謂「老大家」の差し出す料理に、何一つ私は、おいしいと感じなかった。

ここで、いちいち、その「老大家」の名前を挙げるべきかとも思うけれども、私は、その者たちを、しんから軽蔑《けいべつ》しきっているので、名前を挙げようにも、名前を忘れていると言いたいくらいである。

みな、無学である。暴力である。弱さの美しさを、知らぬ。それだけでも既に、私には、おいしくない。

何がおいしくて、何がおいしくない、ということを知らぬ人種は悲惨である。私は、日本の（この日本という国号も、変えるべきだと思っているし、また、日の丸の旗も私は、すぐに変改すべきだと思っている。）この人たちは、ダメだと思う。

芸術を享楽《きょうらく》する能力がないように思われる。むしろ、読者は、それとちがう。文化の指導者みたいな顔をしている人たちのほうが、何もわからぬ。読者の支持におされて、しぶしぶ、所謂不健康とかいう私（太宰）の作品を、まあ、どうやら力作だろう、くらいに言うだけである。

おいしさ。舌があれていると、味がわからなくて、ただ量、或いは、歯ごたえ、それだけが問題になるのだ。せっかく苦労して、悪い材料は捨て、本当においしいところだけ選んで、差し上げているのに、ペロリと一飲みにして、これは腹の足しにならぬ、もっとみになるものがないか、いわば食慾に於ける淫乱《いんらん》である。私には、つき合いきれない。

何も、知らないのである。わからないのである。優しさということさえ、わからないのである。つまり、私たちの先輩という者は、私たちが先輩をいたわり、かつ理解しようと一生懸命に努めているその半分いや四分の一でも、後輩の苦しさについて考えてみたことがあるだろうか、ということを私は抗議したいのである。

或る「老大家」は、私の作品をとぼけていやだと言っているそうだが、その「老大家」の作品は、何だ。正直を誇っているのか。何を誇っているのか。その「老大家」は、たいへん男振りが自慢らしく、いつかその人の選集を開いてみたら、ものの見事に横顔のお写真、しかもいささかも照れていない。まるで無神経な人だと思った。

あの人にとぼけるという印象をあたえたのは、それは、私のアンニュイかも知れないが、しかし、その人のはりきり方には私のほうも、辟易《へきえき》せざるを得ないのである。

はりきって、ものをいうことは無神経の証拠であって、かつまた、人の神経をも全く問題にしていない状態をさしていうのである。デリカシィ(こういう言葉は、さすがに照れくさいけれども)そんなものを持っていない人が、どれだけ御自身お気がつかなくても、他人を深く痛み傷つけているかわからないものである。

自分ひとりが偉くて、あれはダメ、これはダメ、何もかも気に入らぬという文豪は、恥かしいけれども、私たちの周囲にばかりいて、海を渡ったところには、あまりいないようにも思われる。

また、或る「文豪」は、太宰は、東京の言葉を知らぬ、と言っているようだが、その人は東京の生れで東京に育ったことを、いやそれだけを、自分の頼みの綱にして生きているのではあるまいかと、私は疑ぐった。

あの野郎は鼻が低いから、いい文学が出来ぬ、と言うのと同断である。

この頃、つくづくあきれているのであるが、所謂「老大家」たちが、国語の乱脈をなげいているらしい。キザである。いい気なものだ。国語の乱脈は、国の乱脈から始まっているのに目をふさいでいる。あの人たちは、大戦中でも、私たちの、何の頼りにもならなかった。私は、あの時、あの人たちの正体を見た、と思った。

あやまればいいのに、すみませんとあやまればいいのに。もとの姿のままで死ぬまで同じところに居据ろうとしている。

所謂「若い者たち」もだらしがないと思う。雛段《ひなだん》をくつがえす勇気がないのか。君たちにとって、おいしくもないものは、きっぱり拒否してもいいのではあるまいか。変らなければならないのだ。私は、新らしがりやではないけれども、けれども、この雛段のままでは、私たちには、自殺以外にないように実感として言えるように思う。

これだけ言っても、やはり「若い者」の誇張、或いは気焔《きえん》としか感ぜられない「老大家」だったなら、私は、自分でこれまで一ばんいやなことをしなければならぬ。脅迫ではないのだ。私たちの苦しさが、そこまで来ているのだ。

今月は、それこそ一般概論の、しかもただぷんぷん怒った八ツ当りみたいな文章になったけれども、これは、まず自分の心意気を示し、この次からの馬鹿学者、馬鹿文豪に、いちいち妙なことを申上げるその前奏曲と思っていただく。

私の小説の読者に言う、私のこんな軽挙をとがめるな。

二

彼らは言ふのみにて行はぬなり。また重き荷を括《くく》りて人の肩にのせ、己は指にて之《これ》を動かさんともせず。凡《すべ》てその所作《しわざ》は人に見られん為にするなり、即《すなは》ちその経札《きやうふだ》を幅ひろくし、衣《ころも》の総《ふさ》を大きくし、饗宴《ふるまひ》の上席、会堂の上座、市場にての敬礼、また人にラビと呼ばるることを好む。されど汝《なんぢ》らはラビの称《となへ》を受くな。また、導師の称を受くな。

禍害《わざはひ》なるかな、偽善なる学者、なんぢらは人の前に天国を閉して、自ら入らず、入らんとする人の入るをも許さぬなり。盲目《めしひ》なる手引よ、汝らは蚋《ぶよ》を漉《こ》し出して駱《らく》駝《だ》を呑《の》むなり。禍害なるかな、偽善なる学者、外は人に正しく見ゆれども、内は偽善と不法とにて満つるなり。禍害なるかな、偽善なる学者、汝らは預言者の墓をたて、義人の碑を飾りて言ふ、「我らもし先祖の時にありしならば、預言者の血を流すことに与《くみ》せざりしものを」と。かく汝らは預言者を殺しし者の子たるを自ら証《あかし》す。なんぢら己が先祖の桝目《ますめ》を充《みた》せ。蛇よ、蝮《まむし》の裔《すゑ》よ、なんぢら争《いか》でゲヘナの刑罰を避け得んや。

L君、わるいけれども、今月は、君にむかってものを言うようになりそうだ。君は、いま、学者なんだってね。ずいぶん勉強したんだろう。大学時代は、あまり「でき」なかったようだが、やはり、「努力」が、ものを言ったんだろうね。ところで、私は、こないだ君のエッセイみたいなものを、偶然の機会に拝見し、その勿体《もったい》ぶりに、甚だおどろくと共に、君は外国文学者（この言葉も頗る奇妙なもので、外国人のライターかとも聞えるね）のくせに、バイブルというものを、まるでいい加減に読んでいるらしいのに、本当に、ひやりとした。古来、紅毛人の文学者で、バイブルに苦しめられなかったひとは、一人でもあったろうか。バイブルを主軸として回転している数万の星ではなかったのか。

しかし、それは私の所謂あまい感じ方で、君たちは、それに気づいていながらも、君たちの自己破産をおそれて、それに目をつぶっているのかも知れない。学者の本質。それは、私にも幽《かす》かにわかるところもあるような気がする。君たちの、所謂「神」は、「美貌」である。真白な手袋である。

自分は、かつて聖書の研究の必要から、ギリシャ語を習いかけ、その異様なよろこびと、麻痺剤《まひざい》をもちいて得たような不自然な自負心を感じて、決して私の怠惰からではなく、その習得を抛棄《ほうき》した覚えがある。あの不健康な、と言っていいくらいの奇妙に空転したプライドの中に君たちが平気でいつも住んでいるものとしたら、それは或いは、あのイエスに、「汝らは白く塗りたる墓に似たり、外は美しく見ゆれども、云々《うんぬん》」と言われても仕方がないのではないかと思われる。

勉強がわるくないのだ。勉強の自負がわるいのだ。

私は、君たちの所謂「勉強」の精華の翻訳を読ませてもらうことによって、実に非常なたのしみを得た。そのことに就いては、いつも私は君たちにアリガトウの気持を抱き続けて来たつもりである。しかし、君たちのこの頃のエッセイほど、みじめな貧しいものはないとも思っている。

君たちは、(覚えておくがよい)ただの語学の教師なのだ。家庭円満、妻子と共に、おしるこ万才を叫んで、ボオドレエルの紹介文をしたためる滅茶もさることながら、また、原文で読まなければ味がわからぬと言って自身の名訳を誇って売るという矛盾も、さることながら、どだい、君たちには「詩」が、まるでわかっていないようだ。

イエスから逃げ、詩から逃げ、ただの語学の教師と言われるのも口惜しく、ジャアナリズムの注文に応じて、何やら「ラビ」を装《よそお》っている様子だが、君たちが、世の中に多少でも信頼を得ている最後の一つのものは何か。知りつつ、それを我が身の「地位」の保全のために、それとなく利用しているのならば、みっともないぞ。

教養？　それにも自信がないだろう。どだい、どれがおいしくて、どれがまずいのか、香気も、臭気も、区別が出来やしないんだから。ひとがいいと言う外国の「文豪」或いは「天才」を、百年もたってから、ただ、いいというだけなんだから。

優雅？　それにも、自信がないだろう。いじらしいくらいに、それに憧《あこが》れていながら、君たちに出来るのは、赤瓦の屋根の文化生活くらいのものだろう。

語学には、もちろん自信無し。

しかし、君たちは何やら「啓蒙家《けいもうか》」みたいな口調で、すまして民衆に説いている。

洋行。

案外、そんなところに、君たちと民衆とのだまし合いが成立しているのではないか。まさか、と言うこと勿《なか》れ。民衆は奇態に、この洋行というものに、おびえるくらい関心を持つ。

田舎者の上京ということに就いて考えて見よう。二十年前に、上野の何とか博覧会を見て、広小路の牛《ぎゅう》のすき焼きを食べたと言うだけでも、田舎に帰れば、その身に相当の箔《はく》がついているものである。民衆は、これに一目《いちもく》をおくのだから、こたえられまい。況《いわ》んや、東京で三年、苦学して法律をおさめた（しかし、それは、通信講義録でも、おさめることが出来るようだが）そのような経歴を持ったとあれば、村の顔役の一人に、いやでも押されるのである。田舎者の出世の早道は、上京にある。しかも、その田舎者は、いい加減なところで必ず帰郷するのである。そこが秘訣《ひけつ》だ。その家族と喧嘩《けんか》をして、追われるように田舎から出て来て、博覧会も、二重橋も、四十七士の墓も見たことがない（或いは見る気も起らぬ）そのような上京者は、私たちの味方だが、いったい日本の所謂「洋行者」の中で、日本から逃げて行く気で船に乗った者は、幾人あったろうか。

外国へ行くのは、おっくうだが、こらえて三年おれば、大学の教授になり、母をよろこばすことが出来るのだと、周囲には祝福せられ、鹿島立ちとか言うものをなさるのが、君たち洋行者の大半ではなかろうか。それが日本の洋行者の伝統なのであるから、碌《ろく》な学者の出ないのも無理はないネ。

私には、不思議でならぬのだが、所謂《いわゆる》「洋行」した学者の所謂「洋行の思い出」とでも言ったような文章を拝見するに、いやに、みな、うれしそうなのである。うれしい筈《はず》がないと私には確信せられる。日本という国は、昔から外国の民衆の関心の外にあった。（無謀な戦争を起してからは、少し有名になったようだ。それも悪名高し、の方である）私は、かねがね、あの田舎の中学生女学生の団体で東京見物の旅行の姿などに、悲惨を感じている者であるが、もし自分が外国へ行ったら、あの姿そのままのものになるにきまっていると思っている。醜い顔の東洋人。けちくさい苦学生。赤毛布《あかげつと》。オラア、オッタマゲタ。きたない歯。日本には汽車がありますの？　送金延着への絶えざる不安。その憂鬱《ゆううつ》と屈辱と孤独と、それをどの「洋行者」が書いていたろう。

所詮は、ただうれしいのである。上野の博覧会である。広小路の牛《ぎゆう》がおいしかったのである。どんな進歩があったろうか。

妙なもので、君たち「洋行者」は、君たちの外国生活に於《お》けるみじめさを、隠したがる。いや、隠しているのではなく、それに気づかないのか、もし、そんなだったら話にならぬ。Ｌ君、つき合いはお断りだよ。

ついでだから言うけれども、君たち「洋行者」は、妙にあっさりお世辞を言うネ。酒の席などで、作家は（どんな馬鹿な作家でも）さすがにそうではないけれども、君たちは、ああ、太宰さんですか、お逢《あ》いしたいと思っていました、あなたの、××という作品にはまいりました、握手しましょう、などと言い、こっちはそうかと思っていると、その後、新聞の時評やら、または座談会などで、その同一人が、へえ？　と思うくらいにミソクソに私の作品をこきおろしていることがたまたまあるようだ。これもまた、君たちが洋行している間に身につけた何かしらではなかろうかと私は思っている。慇懃《いんぎん》と復讐《ふくしゅう》。ひしがれた文化猿。みじめな生活をして来たんだ。そうして、いまも、みじめな人間になっているのだ。隠すなよ。

私事ではあるが、思い出すことがある。自分が、大学へ入ったその春に、兄が上京して来て、(父は死に、兄は若くして、父のかなりの遺産をつぎ、その遺産の使途の一つとして兄は、所謂世界漫遊を思い立った様子なのである。)高田馬場の私の下宿の、近くにあったおそばやで、

「おまえも一緒に行かないか、どうか。自分は一廻りしてくるつもりだが、おまえは途中でフランスあたりにとどまって、フランス文学を研究してもどうでも、それは、おまえの好きなようにするがよい。大学のフランス文科を出てから、フランスへ行くのと、フランスへ行って来てから、大学へ入るのと、どっちが勉強に都合がよかろうか。」

私は、ほとんど言下に答えた。

「それはやはり、大学で基礎勉強してからのほうがよい。」

「そうだろうか。」

兄は浮かぬ顔をしていた。兄は私を通訳のかわりとしても、連れて行きたかったらしいのだが、私が断ったので、また考え直した様子で、それっきり外国の話を出さなくなった。

実は、このとき私は、まっかな嘘《うそ》をついていたのである。当時、私に好きな女があったのである。そいつと別れたくないばかりに、いい加減の口実を設け、洋行を拒否したのである。この女のことでは、後にひどい苦労をした。しかし、私はいまでは、それらのことを後悔してはいない。洋行するよりは、貧しく愚かな女と苦労をすることのほうが、人間の事業として、困難でもあり、また、光栄なものであるとさえ思っているからだ。

とかく、洋行者の土産話ほど、空虚な響きを感じさせるものはない。田舎者の東京土産話というものと、甚だ似ている。名所絵はがき。そこには、市民の生活のにおいが何も無い。

論文に譬《たと》えると、あの婦人雑誌の「新婦人の進路」なんていう題の、世にもけがらわしく無内容な、それでいて何やら意味ありそうに乙にすましているあの論文みたいなものだということになりそうだ。

どんなに自分が無内容でも、卑劣でも、偽善的でも、世の中にはそんな仲間ばかり、ごまんといるのだから、何も苦しんで、ぶちこわしの嫌がらせを言う必要はないだろう、出世をすればいいのだ、教授という肩書を得ればいいのだ、などとひそかにお思いになっていらっしゃるのなら、我また何をか言わんやである。

しかし、世の学者たちは、この頃、妙に私の作品に就いて、とやかく言うようになった。あいつらは、どうせ馬鹿なんで、いつの世にでも、あんなやつらがいるのだから、気にするなよ、とひとから言われたこともあるが、しかし、私はその不潔な馬鹿ども（悪人と言ってもよい）の言うことを笑って聞き容《い》れるほどの大腹人でもないし、また、批評をみじんも気にしないという脱俗人（そんな脱俗人は、古今東西、ひとりもいなかった事を保証する）ではなし、また、自分の作品がどんな悪評にも絶対にスポイルされないほど剛《つよ》いものだという自信を持つことも出来ないので、かねて胸くそ悪く思っているひとの言動に対し、いまこそ、自衛の抗議をこころみているわけなのだ。

或る「外国文学者」が、私の「ヴィヨンの妻」という小説の所謂読後感を某文芸雑誌に発表しているのを読んだことがあるけれども、その頭の悪さに、私はあっけにとられ、これは蓄膿症《ちくのうしょう》ではなかろうか、と本気に疑ったほどであった。大学教授といっても何もえらいわけではないけれども、こういうのが大学で文学を教えている犯罪の悪質に慄然《りつぜん》とした。

そいつが言うのである。(フランソワ・ヴィヨンとは、こういうお方ではないように聞いていますが) 何というひねこびた虚栄であろう。しゃれにも冗談にもなってやしない。嫌味にさえなっていない。かれら大学教授たちは、こういうところで、ひそかに自慰しているのであって、これは、所謂学者連に通有のあわれな自尊心の表情のように思われる。また、その馬鹿先生の曰《いわ》く、(作者は、この作品の蔭《かげ》でイヒヒヒヒと笑っている) 事ここに到っては、自分もペンを持つ手がふるえるくらい可笑《おか》しく馬鹿らしい思いがしてくる。何という空想力の貧弱。そのイヒヒヒヒと笑っているのは、その先生自身だろう。実にその笑い声はその先生によく似合う。

あの作品の読者が、例えば五千人いたとしても、イヒヒヒなどという卑穢な言葉を感じたものはおそらく、その「高尚」な教授一人をのぞいては、まず無いだろうと私には考えられる。光栄なる者よ。汝は五千人中の一人である。少しは、恥かしく思え。

元来、作者と評者と読者の関係は、例えば正三角形の各頂点の位置にあるものだと思われるが、(△の如き位置に、各々《おのおの》外を向いて坐っていたのでは話にもならないが、各々内側に向い合って腰を掛け、作者は語り、読者は聞き、評者は、或いは作者の話に合槌《あいづち》を打ち、或いは不審を訊《ただ》し、或いは読者に代って、そのストップを乞《こ》う。）この頃、馬鹿教授たちがいやにのこのこ出て来て、例えば、直線上に二点を置き、それが作者と読者だとするならば、教授は、その同一線上の、しかも二点の中間に割り込み、いきなり、イヒヒヒヒである。物語りさいちゅうの作者も、また読者も、実にとまどい困惑するばかりである。

こんなことまでは、さすがに私も言いたくないが、私は作品を書きながら、死ぬる思いの苦しき努力の覚えはあっても、イヒヒヒの記憶だけは、いまだ一度も無い、いや、それは当然すぎるほど当然のことではないか。こう書きながらも、つくづくおまえの馬鹿さが嫌になり、ペンが重く顔がしかめ面《つら》になってくる。

最初に掲げた聖書の言葉にもあったとおり、禍害《わざわい》なるかな、偽善なる学者、汝らは預言者の墓をたて、義人の碑を飾りて言う、「我らもし先祖の時にありしならば、預言者の血を流すことに与《くみ》せざりしものを」と。

百年二百年或いは三百年前の、謂《い》わばレッテルつきの文豪の仕事ならば、文句もなく三拝九拝し、大いに宣伝これ努めていても、君のすぐ隣にいる作家の作品を、イヒヒヒとしか解することが出来ないとは、折角の君の文学の勉強も、疑わしいと言うより他はない。イエスもあきれたってネ。

もう一人の外国文学者が、私の「父」という短篇を評して、（まことに面白く読めたが、翌《あく》る朝になったら何も残らぬ）と言ったという。このひとの求めているものは、宿酔《ふつかよい》である。そのときに面白く読めたという、それが即《すなわ》ち幸福感である。その幸福感を、翌る朝まで持ちこたえなければたまらぬという貪婪《どんらん》、淫乱《いんらん》、剛の者、これもまた大馬鹿先生の一人であった。（念の為に言っておく。君たちは誰かからこのように言われると、ことに、私のように或る種の札《ふだ》つきみたいに見られている者から、こんなことを言われると、上品を装った苦笑を伴い、太宰先生のお説によれば、私は貪婪、淫乱、剛の者、大馬鹿先生の一人だそうであるが、などと言って軽くいなそうとする卑劣なしみったれた癖があるようだけれども、あれはやめていただく。こっちは、本気で言っているのだ。それこそ、も少し、真面目になれ。私を憎み、考えよ。）宿酔がなければ満足しないという状態は、それこそほんものの「不健康」である。君たちは、どうしてそんなに、恥も外聞もなく、ただ、ものをほしがるのだろう。

文学に於て、最も大事なものは、「心づくし」というものである。「心づくし」といっても君たちにはわからないかも知れぬ。しかし、「親切」といってしまえば、身もふたも無い。心趣《こころばえ》。心意気。心遣い。そう言っても、まだぴったりしない。つまり、「心づくし」なのである。作者のその「心づくし」が読者に通じたとき、文学の永遠性とか、或いは文学のありがたさとか、うれしさとか、そういったようなものが始めて成立するのであると思う。

料理は、おなかに一杯になればいいというものでは無いということは、先月も言ったように思うけれども、さらに、料理の本当のうれしさは、多量少量にあるのでは勿論《もちろん》なく、また、うまい、まずいにあるものでさえ無いのである。料理人の「心づくし」それが、うれしいのである。心のこもった料理、思い当るだろう。おいしいだろう。それだけでいいのである。宿酔を求める気持は、下等である。やめたほうがよい。時に、君のごひいきの作者らしいモームは、あれは少し宿酔させる作家で、ちょうど君の舌には手頃なのだろう。しかし、君のすぐ隣にいる太宰という作家のほうが、少くとも、あのおじいさんよりは粋《いき》なのだということくらいは、知っておいてもいいだろうネ。

何もわからないくせに、あれこれ尤《もっと》もらしいことを言うので、つい私もこんなことを書きたくなる。翻訳だけしていれあいいんだ。君の翻訳では、ずいぶん私もお蔭を蒙《こうむ》ったつもりなのだ。馬鹿なエッセイばかり書きやがって、この頃、君も、またあのイヒヒヒヒの先生も、あまり語学の勉強をしていないようじゃないか。語学の勉強を怠ったら、君たちは自滅だぜ。

分《ぶん》を知ることだよ。繰り返して言うが、君たちは、語学の教師に過ぎないのだ。所謂「思想家」にさえなれないのだ。啓蒙家？ プッ！ ヴォルテール、ルソオの受難を知るや。せいぜい親孝行するさ。

身を以てボオドレエルの憂鬱を、プルウストのアニュイを浴びて、あらわれるのは少くとも君たちの周囲からではあるまい。

（まったくそうだよ。太宰、大いにやれ。あの教授たちは、どだい生意気だよ。まだ手ぬるいくらいだ。おれもかねがね、癪《しゃく》にさわっていたのだ。）

背後でそんな声がする。私は、くるりと振向いてその男に答える。

「なにを言ってやがる。おまえよりは、それは、何としたって、あの先生たちは、すぐれているよ。おまえたちは、どだい『できない』じゃないか。『できない』やつは、これは論外。でも、のぞみとあらば、来月あたり、君たちに向って何か言ってあげてもかまわないが、君たちは、キタナクテね。なにせ、まったくの無学なんだから、『文学』でない部分に於いてひとつ撃つ。例えば、剣道の試合のとき、撃つところは、お面、お胴、お小手、ときまっている筈なのに、おまえたちは、試合《プレイ》も生活も一緒くたにして、道具はずれの二の腕や向う脛《ずね》を、力一杯にひっぱたく。それで勝ったと思っているのだから、キタナクテね。」

三

謀叛《むほん》という言葉がある。また、官軍、賊軍という言葉もある。外国には、それとぴったり合うような感じの言葉が、あまり使用せられていないように思われる。裏切り、クーデタ、そんな言葉が主として使用せられているように思われる。「ご謀叛でござる。ご謀叛でござる。」などと騒ぎまわるのは、日本の本能寺あたりにだけあるように思われる。そうして、所謂官軍は、所謂賊軍を、「すべて烏合《うごう》の衆なるぞ」と歌って気勢をあげる。謀叛は、悪徳の中でも最も甚だしいもの、所謂賊軍は最もけがらわしいもの、そのように日本の世の中がきめてしまっている様子である。謀叛人も、賊軍も、よしんば勝ったところで、所謂三日天下であって、ついには滅亡するものの如《ごと》く、われわれは教えられてきているのである。考えてみると、これこそ陰惨な封建思想の露出である。

むかしも、あんなことをやった奴があって、それは権勢慾、或いは人気とりの軽業に過ぎないのであって、言わせておいて黙っているうちに、自滅するものだ、太宰も、もうこれでおしまいか、忠告せざるべからず、と心配して下さる先輩もあるようであるが、しかし古来、負けるにきまっていると思われている所謂謀叛人が、必ずしも、こんどは、負けないところに民主革命の意義も存するのではあるまいか。

民主主義の本質は、それは人によっていろいろに言えるだろうが、私は、「人間は人間に服従しない」あるいは、「人間は人間を征服出来ない、つまり、家来にすることが出来ない」それが民主主義の発祥の思想だと考えている。

先輩というものがある。そうして、その先輩というものは、「永遠に」私たちより偉いもののようである。彼らの、その、「先輩」というハンデキャップは、殆《ほとん》ど暴力と同じくらいに荒々しいものである。例えば、私が、いま所謂先輩たちの悪口を書いているこの姿は、ひよどり越えのさか落しではなくて、ひよどり越えのさか上りの態《てい》のようである。岩、かつら、土くれにしがみついて、ひとりで、よじ登って行くのだが、しかし、先輩たちは、山の上に勢ぞろいして、煙草《たばこ》をふかしながら、私のそんな浅間しい姿を見おろし、馬鹿だと言い、きたならしいと言い、人気とりだと言い、逆上気味と言い、そうして、私が少し上に登りかけると、極めて無雑作に、彼らの足もとの石ころを一つ蹴落《けおと》してよこす。たまったものではない。ぎゃっという醜態の悲鳴とともに、私は落下する。山の上の先輩たちは、どっと笑い、いや、笑うのはまだいいいほうで、蹴落して知らぬふりして、マージャンの卓を囲んだりなどしているのである。

私たちがいくら声をからして言っても、所謂世の中は、半信半疑のものである。けれども、先輩の、あれは駄目だという一言には、ひと頃の、勅語の如き効果がある。彼らは、実にだらしない生活をしているのだけれども、所謂世の中の信用を得るような暮し方をしている。そうして彼らは、ぬからず、その世の中の信頼を利用している。

永遠に、私たちは、彼らよりも駄目なのである。私たちの精一ぱいの作品も、彼らの作品にくらべて、読まれたものではないのである。彼らは、その世の中の信頼に便乗し、あれは駄目だと言い、世の中の人たちも、やっぱりそうかと容易に合点し、所謂先輩たちがその気ならば、私たちを気狂い病院にさえ入れることが出来るのである。奴隷《どれい》根性。

彼らは、意識してか或いは無意識か、その奴隷根性に最大限にもたれかかっている。彼らのエゴイズム、冷たさ、うぬぼれ、それが、読者の奴隷根性と実にぴったりマッチしているようである。或る評論家は、ある老大家の作品に三拝九拝し、そうして曰く、「あの先生にはサーヴィスがないから偉い。太宰などは、ただ読者を面白がらせるばかりで、……」

奴隷根性も極まっていると思う。つまり、自分を、てんで問題にせず恥しめてくれる作家が有り難いようなのである。評論家には、このような謂わば「半可通」が多いので、胸がむかつく。墨絵の美しさがわからなければ、高尚な芸術を解していないということだ、とでも思っているのであろうか。光琳《こうりん》の極彩色は、高尚な芸術でないと思っているのであろうか。渡辺崋山《かざん》の絵だって、すべてこれ優しいサーヴィスではないか。

頑固。怒り。冷淡。健康。自己中心。それが、すぐれた芸術家の特質のようにありがたがっている人もあるようだ。それらの気質は、すべて、すこぶる男性的のもののように受取られているらしいけれども、それは、かえって女性の本質なのである。男は、女のように容易には怒らず、そうして優しいものである。頑固などというものは、無教養のおかみさんが、持っている頗《すこぶ》る下等な性質に過ぎない。先輩たちは、も少し、弱いものいじめを、やめたらどうか。所謂「文明」と、最も遠いものである。それは、腕力でしかない。おかみさんたちの、井戸端会議を、お聞きになってみると、なにかお気附きになる筈である。

後輩が先輩に対する礼、生徒が先生に対する礼、子が親に対する礼、それらは、いやになるほど私たちは教えられてきたし、また、多少、それを遵奉《じゅんぽう》してきたつもりであるが、しかし先輩が後輩に対する礼、先生が生徒に対する礼、親が子に対する礼、それらは私たちは、一言も教えられたことはなかった。

民主革命。

私はその必要を痛感している。所謂有能な青年女子を、荒い破壊思想に追いやるのは、民主革命に無関心なおまえたち先輩の頑固さである。

若いものの言い分も聞いてくれ！　そうして、考えてくれ！　私が、こんな如是我聞《にょぜがもん》などという拙文をしたためるのは、気が狂っているからでもなく、思いあがっているからでもなく、人におだてられたからでもなく、況《いわ》んや人気とりなどではないのである。本気なのである。昔、誰それも、あんなことをしたね、つまり、あんなものさ、などと軽くかたづけないでくれ。昔あったから、いまもそれと同じような運命をたどるものがあるというような、いい気な独断はよしてくれ。

いのちがけで事を行うのは罪なりや。そうして、手を抜いてごまかして、安楽な家庭生活を目ざしている仕事をするのは、善なりや。おまえたちは、私たちの苦悩について、少しでも考えてみてくれたことがあるだろうか。

結局、私のこんな手記は、愚挙ということになるのだろうか。私は文を売ってから、既に十五年にもなる。しかし、いまだに私の言葉には何の権威もないようである。まともに応接せられるには、もう二十年もかかるのだろう。二十年。手を抜いたごまかしの作品でも何でもよい、とにかく抜け目なくジャアナリズムというものにねばって、二十年、先輩に対して礼を尽し、おとなしくしていると、どうやらやっと、「信頼」を得るに到るようであるが、そこまでは、私にもさすがに、忍耐力の自信が無いのである。

まるで、あの人たちには、苦悩が無い。私が日本の諸先輩に対して、最も不満に思う点は、苦悩というものについて、全くチンプンカンプンであることである。

何処《どこ》に「暗夜」があるのだろうか。ご自身が人を、許す許さぬで、てんてこ舞いしているだけではないか。許す許さぬなどというそんな大それた権利が、ご自身にあると思っていらっしゃる。いったい、ご自身はどうなのか。人を審判出来るがらでもなかろう。

志賀直哉という作家がある。アマチュアである。六大学リーグ戦である。小説が、もし、絵だとするならば、その人の発表しているものは、書《しょ》である、と知人も言っていたが、あの「立派さ」みたいなものは、つまり、あの人のうぬぼれに過ぎない。腕力の自信に過ぎない。本質的な「不良性」或いは、「道楽者」を私はその人の作品に感じるだけである。高貴性とは、弱いものである。へどもどまごつき、赤面しがちのものである。所詮あの人は、成金に過ぎない。

おけらというものがある。その人を尊敬し、かばい、その人の悪口を言う者をののしり殴ることによって、自身の、世の中に於ける地位とかいうものを危うく保とうと汗を流して懸命になっている一群のものの謂《いい》である。最も下劣なものである。それを、男らしい「正義」かと思って自己満足しているものが大半である。国定忠治の映画の影響かも知れない。

真の正義とは、親分も無し、子分も無し、そうして自身も弱くて、何処かに収容せられてしまう姿に於て認められる。重ね重ね言うようだが、芸術に於ては、親分も子分も、また友人さえ、無いもののように私には思われる。

全部、種明しをして書いているつもりであるが、私がこの如是我聞という世間的に言って、明らかに愚挙らしい事を書いて発表しているのは、何も「個人」を攻撃するためではなくて、反キリスト的なものへの戦いなのである。

彼らは、キリストと言えば、すぐに軽蔑《けいべつ》の笑いに似た苦笑をもらし、なんだ、ヤソか、というような、安堵《あんど》に似たものを感ずるらしいが、私の苦悩の殆《ほとん》ど全部は、あのイエスという人の、「己れを愛するがごとく、汝《なんじ》の隣人を愛せ」という難題一つにかかっていると言ってもいいのである。

一言で言おう、おまえたちには、苦悩の能力が無いのと同じ程度に、愛する能力に於ても、全く欠如している。おまえたちは、愛撫《あいぶ》するかも知れぬが、愛さない。

おまえたちの持っている道徳は、すべておまえたち自身の、或いはおまえたちの家族の保全、以外に一歩も出ない。

重ねて問う。世の中から、追い出されてもよし、いのちがけで事を行うは罪なりや。

私は、自分の利益のために書いているのではないのである。信ぜられないだろうな。

最後に問う。弱さ、苦悩は罪なりや。


これを書き終えたとき、私は偶然に、ある雑誌の座談会の速記録を読んだ。それによると、志賀直哉という人が、「二、三日前に太宰君の『犯人』とかいうのを読んだけれども、実につまらないと思ったね。始めからわかっているんだから、しまいを読まなくたって落ちはわかっているし……」と、おっしゃって、いや、言っていることになっているが、（しかし、座談会の速記録、或いは、インタヴィユは、そのご本人に覚えのないことが多いものである。いい加減なものであるから、それを取り上げるのはどうかと思うけれども、志賀という個人に対してでなく、そういう言葉に対して、少し言い返したいのである）作品の最後の一行に於て読者に背負い投げを食わせるのは、あまりいい味のものでもなかろう。所謂「落ち」を、ひた隠しに隠して、にゅっと出る、それを、並々ならぬ才能と見做《みな》す先輩はあわれむべき哉《かな》、芸術は試合でないのである。奉仕である。読むものをして傷つけまいとする奉仕である。けれども、傷つけられて喜ぶ変態者も多いようだからかなわぬ。あの座談会の速記録が志賀直哉という人の言葉そのままでないにしても、もしそれに似たようなことを言ったとしたなら、それはあの老人の自己破産である。いい気なものだね。うぬぼれ鏡というものが、おまえの家にもあるようだね。「落ち」を避けて、しかし、その暗示と興奮で書いて来たのはおまえじゃないか。

なお、その老人に茶坊主の如く阿諛追従《あゆついしょう》して、まったく左様でゴゼエマス、大衆小説みたいですね、と言っている卑《いや》しく瘦《や》せた俗物作家、これは論外。

四

或る雑誌の座談会の速記録を読んでいたら、志賀直哉というのが、妙に私の悪口を言っていたので、さすがにむっとなり、この雑誌の先月号の小論に、附記みたいにして、こちらも大いに口汚なく言い返してやったが、あれだけではまだ自分も言い足りないような気がしていた。いったい、あれは、何だってあんなにえばったものの言い方をしているのか。普通の小説というものが、将棋だとするならば、あいつの書くものなどは、詰将棋である。王手、王手で、そうして詰むにきまっている将棋である。旦那芸の典型である。勝つか負けるかのおののきなどは、微塵《みじん》もない。そうして、そののっぺら棒がご自慢らしいのだからおそれ入る。

どだい、この作家などは、思索が粗雑だし、教養はなし、ただ乱暴なだけで、そうして己れひとり得意でたまらず、文壇の片隅にいて、一部の物好きのひとから愛されるくらいが関の山であるのに、いつの間にやら、ひさしを借りて、図々しくも母屋《おもや》に乗り込み、何やら巨匠のような構えをつくって来たのだから失笑せざるを得ない。

今月は、この男のことについて、手加減もせずに、暴露してみるつもりである。

孤高とか、節操とか、潔癖とか、そういう讃辞《さんじ》を得ている作家には注意しなければならない。それは、殆んど狐狸《こり》性を所有しているものたちである。潔癖などというこ とは、ただ我儘《わがまま》で、頑固で、おまけに、抜け目無くて、まことにいい気なものである。卑怯《ひきょう》でも何でもいいから勝ちたいのである。人間を家来にしたいという、ファッショ的精神とでもいうべきか。

こういう作家は、いわゆる軍人精神みたいなものに満されているようである。手加減しないとさっき言ったが、さすがに、この作家の「シンガポール陥落」の全文章をここに掲げるにしのびない。阿呆の文章である。東条でさえ、こんな無神経なことは書くまい。甚だ、奇怪なることを書いてある。もうこの辺から、この作家は、駄目になっているらしい。

言うことはいくらでもある。

この者は人間の弱さを軽蔑している。自分に金のあるのを誇っている。「小僧の神様」という短篇があるようだが、その貧しき者への残酷さに自身気がついているだろうかどうか。ひとにものを食わせるというのは、電車でひとに席を譲る以上に、苦痛なものである。何が神様だ。その神経は、まるで新興成金そっくりではないか。

またある座談会で(おまえはまた、どうして僕をそんなに気にするのかね。みっともない。)太宰君の「斜陽」なんていうのも読んだけど、閉口したな。なんて言っているようだが、「閉口したな」などという卑屈な言葉遣いには、こっちのほうであきれた。

どうもあれには閉口、まいったよ、そういう言い方は、ヒステリックで無学な、そうして意味なく昂《たか》ぶっている道楽者の言う口調である。ある座談会の速記を読んだら、その頭の悪い作家が、私のことを、もう少し真面目にやったらよかろうという気がするね、と言っていたが、唖然《あぜん》とした。おまえこそ、もう少しどうにかならぬものか。さらにその座談会に於て、貴族の娘が山出しの女中のような言葉を使う、とあったけれども、おまえの「うさぎ」には、「お父さまは、うさぎなどお殺せなさいますの？」とかいう言葉があった筈《はず》で、まことに奇異なる思いをしたことがある。「お殺せ」いい言葉だねえ。恥しくないか。

おまえはいったい、貴族だと思っているのか。ブルジョアでさえないじゃないか。おまえの弟に対して、おまえがどんな態度をとったか、よかれあしかれ、てんで書けないじゃないか。家内中が、流行性感冒にかかったことなど一大事の如く書いて、それが作家の本道だと信じて疑わないおまえの馬面《うまづら》がみっともない。

強いということ、自信のあるということ、それは何も作家たるものの重要な条件ではないのだ。

かつて私は、その作家の高等学校時代だかに、桜の幹のそばで、いやに構えている写真を見たことがあるが、何という嫌な学生だろうと思った。芸術家の弱さが、少しもそこになかった。ただ無神経に、構えているのである。薄化粧したスポーツマン。弱いものいじめ。エゴイスト。腕力は強そうである。年とってからの写真を見たら、何のことはない植木屋のおやじだ。腹掛丼《どんぶり》がよく似合うだろう。

私の「犯人」という小説について、「あれは読んだ。あれはひどいな。あれは初めから落ちが判《わか》ってるんだ。こちらが知ってることを作家が知らないと思って、一生懸命書いている。」と言っているが、あれは、落ちもくそもない、初めから判っているのに、それを自分の慧眼《けいがん》だけがそれを見破っているように言っているのは、いかにもうろくに近い。あれは探偵小説ではないのだ。むしろ、おまえの「雨蛙《あまがえる》」のほうが幼い「落ち」じゃないのか。

いったい何だってそんなに、自分でえらがっているのか。自分ももう駄目ではないかという反省を感じたことがないのか。強がることはやめなさい。人相が悪いじゃないか。

さらにまた、この作家に就いて悪口を言うけれども、このひとの最近の佳作だかなんだかと言われている文章の一行を読んで実に不可解であった。

すなわち、「東京駅の屋根のなくなった歩廊に立っていると、風はなかったが、冷え冷えとし、着て来た一重外套《がいとう》で丁度よかった。」馬鹿らしい。冷え冷えとし、だからふるえているのかと思うと、着て来た一重外套で丁度よかった、これはどういうことだろう。まるで滅茶苦茶である。いったいこの作品には、この少年工に対するシンパシーが少しも現われていない。つっぱなして、愛情を感ぜしめようという古くからの俗な手法を用いているらしいが、それは失敗である。しかも、最後の一行、昭和二十年十月十六日の事である、に到っては噴飯のほかはない。もう、ごまかしが、きかなくなった。

私はいまもって滑稽《こっけい》でたまらぬのは、あの「シンガポール陥落」の筆者が、（遠慮はよそうね。おまえは、一億一心は期せずして実現した。今の日本には親英米などという思想はあり得ない。吾々の気持は明るく、非常に落ちついて来た。などと言っていたね。）戦後には、まことに突如として、内村鑑三先生などという名前が飛び出し、ある雑誌のインターヴューに、自分が今日まで軍国主義にもならず、節操を保ち得たのは、ひとえに、恩師内村鑑三の教訓によるなどと言っているようで、インターヴューは、当てにならないものだけれど、話半分としても、そのおっちょこちょいは笑うに堪える。

いったい、この作家は特別に尊敬せられているようだが、何故、そのように尊敬せられているのか、私には全然、理解出来ない。どんな仕事をして来たのだろう。ただ、大きい活字の本をこさえているようにだけしか思われない。「万暦赤絵」とかいうものも読んだけれど、阿呆らしいものであった。いい気なものだと思った。自分がおならひとつしたことを書いても、それが大きい活字で組まれて、読者はそれを読み、襟を正すというナンセンスと少しも違わない。作家もどうかしているけれども、読者もどうかしている。

所詮は、ひさしを借りて母屋にあぐらをかいた狐である。何もない。ここに、あの作家の選集でもあると、いちいち指摘出来るのだろうが、へんなもので、いま、女房と二人で本箱の隅から隅まで探しても一冊もなかった。縁がないのだろうと私は言った。夜更《よふ》けていたけれども、それから知人の家に行き、何でもいいから志賀直哉のものを借してくれと言い、「早春」と「暗夜行路」と、それから「灰色の月」の掲載誌とを借りることが出来た。

「暗夜行路」

大袈裟な題をつけたものだ。彼は、よくひとの作品を、ハッタリだの何だのと言っているようだが、自分のハッタリを知るがよい。その作品が、殆んどハッタリである。詰将棋とはそれを言うのである。いったい、この作品の何処《どこ》に暗夜があるのか。ただ、自己肯定のすさまじさだけである。

何処がうまいのだろう。ただ自惚《うぬぼ》れているだけではないか。風邪をひいたり、中耳炎を起したり、それが暗夜か。実に不可解であった。まるでこれは、れいの綴方《つづりかた》教室、少年文学では無かろうか。それがいつのまにやら、ひさしを借りて、母屋に、無学のくせにてれもせず、でんとおさまってけろりとしている。

しかし私は、こんな志賀直哉などのことを書き、かなりの鬱陶《うっとう》しさを感じている。何故だろうか。彼は所謂《いわゆる》よい家庭人であり、程よい財産もあるようだし、傍に良妻あり、子供は丈夫で父を尊敬しているにちがいないし、自身は風景よろしきところに住み、戦災に遭ったという話も聞かぬから、手織りのいい紬《つむぎ》なども着ているだろう、おまけに自身が肺病とか何とか不吉な病気も持っていないだろうし、訪問客はみな上品、先生、先生と言って、彼の一言隻句《せっく》にも感服し、なごやかな空気が一杯で、近頃、太宰という思い上ったやつが、何やら先生に向って言っているようですが、あれはきたならしいやつですから、相手になさらぬように、（笑声）それなのに、その嫌らしい、（直哉の曰《いわ》く、僕にはどうもいい点が見つからないね）その四十歳の作家が、誇張でなしに、血を吐きながらでも、本流の小説を書こうと努め、その努力が却《かえ》ってみなに嫌われ、三人の虚弱の幼児をかかえ、夫婦は心から笑い合ったことがなく、障子の骨も、襖《ふすま》のシンも、破れ果てている五十円の貸家に住み、戦災を二度も受けたおかげで、もともといい着物も着たい男が、短か過ぎるズボンに下駄ばきの姿で、子供の世話で一杯の女房の代りに、おかずの買物に出るのである。そうして、この志賀直哉などに抗議したおかげで、自分のこれまで附き合っていた先輩友人たちと、全部気まずくなっているのである。それでも、私は言わなければならない。狸《たぬき》か狐のにせものが、私の労作に対して「閉口」したなどと言っていい気持になっておさまっているからだ。

いったい志賀直哉というひとの作品は、厳しいとか、何とか言われているようだが、それは嘘《うそ》で、アマイ家庭生活、主人公の柄でもなく甘ったれた我儘、要するに、その容易で、楽しそうな生活が魅力になっているらしい。成金に過ぎないようだけれども、とにかく、お金があって、東京に生れて、東京に育ち、(東京に生れて、東京に育ったということの、そのプライドは、私たちからみると、まるでナンセンスで滑稽に見えるが、彼らが、いい田舎者という時には、どれだけ深い軽蔑《けいべつ》感が含まれているか、おそらくそれは読者諸君の想像以上のものである。)道楽者、いや、少し不良じみて、骨組頑丈、顔が大きく眉《まゆ》が太く、自身で裸になって角力《すもう》をとり、その力の強さがまた自慢らしく、何でも勝ちゃいいんだとうそぶき、「不快に思った」の何のとオールマイティーの如く生意気な口をきいていると、田舎出の貧乏人は、とにかく一応は度胆をぬかれるであろう。彼がおならをするのと、田舎出の小者のおならをするのとは、全然意味がちがうらしいのである。「人による」と彼は、言っている。頭の悪く、感受性の鈍く、ただ、おれが、おれが、で明け暮れして、そうして一番になりたいだけで、(しかも、それは、ひさしを借りて母屋をとる式の卑劣な方法でもって)どだい、目的のためには手段を問わないのは、彼ら腕力家の特徴ではあるが、カンシャクみたいなものを起して、おしっこの出たいのを我慢し、中腰になって、彼は、くしゃくしゃと原稿を書き飛ばし、そうして、身辺のものに清書させる。それが、彼の文章のスタイルに歴然と現われている。残忍な作家である。何度でも繰返して言いたい。彼は、古くさく、乱暴な作家である。古くさい文学観をもって、彼は、一寸《いっすん》も身動きしようとしない。頑固。彼は、それを美徳だと思っているらしい。それは、狡猾《こうかつ》である。あわよくば、と思っているに過ぎない。いろいろ打算もあることだろう。それだから、嫌になるのだ。倒さなければならないと思うのだ。頑固とかいう親爺《おやじ》が、ひとりいると、その家族たちは、みな不幸の溜息《ためいき》をもらしているものだ。気取りを止めよ。私のことを「いやなポーズがあって、どうもいい点が見つからないね」とか言っていたが、それは、おまえの、もはや石膏《せっこう》のギブスみたいに固定している馬鹿なポーズのせいなのだ。

も少し弱くなれ。文学者ならば弱くなれ。柔軟になれ。おまえの流儀以外のものを、いや、その苦しさを解《わか》るように努力せよ。どうしても、解らぬならば、だまっていろ。むやみに座談会なんかに出て、恥をさらすな。無学のくせに、カンだの何だの頼りにもクソにもならないものだけに、すがって、十年一日の如く、ひとの蔭口《かげぐち》をきいて、笑って、いい気になっているようなやつらは、私のほうでも「閉口」である。勝ったために、実に卑劣な手段を用いる。そうして、俗世に於て、「あれはいいひとだ、潔癖な立派なひとである」などと言われることに成功している。殆《ほと》んど、悪人である。

君たちの得たものは、（所謂文壇生活何年か知らぬが、）世間的信頼だけである。志賀直哉を愛読しています、と言えばそれは、おとなしく、よい趣味人の証拠ということになっているらしいが、恥しくないか。その作家の生前に於て、「良風俗」とマッチする作家とは、どんな種類の作家か知っているだろう。

君は、代議士にでも出ればよかった。その厚顔、自己肯定、代議士などにうってつけである。君は、あの「シンガポール陥落」の駄文（あの駄文をさえ頰かむりして、ごまかそうとしているらしいのだから、おそるべき良心家である。）その中で、木に竹を継いだように、頗《すこぶ》る唐突に、「謙譲」なんていう言葉を用いていたが、それこそ君に一番欠けている徳である。君の恰好《かっこう》の悪い頭に充満しているものは、ただ、思い上りだけだ。この「文藝」という座談会の記事を一読するに、君は若いものたちの前で甚だいい気になり、やに下り、また若いものたちも、妙なことばかり言って媚《こ》びているが、しかし私は若いものの悪口は言わぬつもりだ。私に何か言われるということは、そのひとたちの必死の行路を無益に困惑させるだけのことだという事を知っているからだ。

「こっちは太宰の年上だからね」という君の言葉は、年上だから悪口を言う権利があるというような意味に聞きとれるけれども、私の場合、それは逆で、「こっちが年上だからね」若いひとの悪口は遠慮したいのである。なおまた、その座談会の記事の中に、「どうも、評判のいいひとの悪口を言うことになって困るんだけど」という箇所があって、何という醜く卑《いや》しいひとだろうと思った。このひとは、案外、「評判」というものに敏感なのではあるまいか。それならば、こうでも言ったほうがいいだろう。「この頃評判がいいそうだから、苦言を呈して、みたいんだけど」少くともこのほうに愛情がある。彼の言葉は、ただ、ひねこびた虚勢だけで、何の愛情もない。見たまえ、自分で自分の「邦子」やら「児を盗む話」やらを、少しも照れずに自慢し、その長所、美点を講釈している。そのもうろくぶりには、噴き出すほかはない。作家も、こうなっては、もうダメである。

「こしらえ物」「こしらえ物」とさかんに言っているようだが、それこそ二十年一日の如く、カビの生えている文学論である。こしらえ物のほうが、日常生活の日記みたいな小説よりも、どれくらい骨が折れるものか、そうしてその割に所謂批評家たちの気にいられぬということは、君も「クローディアスの日記」などで思い知っている筈だ。そうして、骨おしみの横着もので、つまり、自身の日常生活に自惚れているやつだけが、例の日記みたいなものを書くのである。それでは読者にすまぬと、所謂、虚構を案出する、そこにこそ作家の真の苦しみというものがあるのではなかろうか。所詮、君たちは、なまけもので、そうして狡猾にごまかしているだけなのである。だから、生命がけでものを書く作家の悪口を言い、それこそ、首くくりの足を引くようなことをやらかすのである。いつでもそうであるが、私を無意味に苦しめているのは、君たちだけなのである。

君について、うんざりしていることは、もう一つある。それは芥川の苦悩がまるで解っていないことである。

日蔭者の苦悶《くもん》。

弱さ。

聖書。

生活の恐怖。

敗者の祈り。

君たちには何も解らず、それの解らぬ自分を、自慢にさえしているようだ。そんな芸術家があるだろうか。知っているものは世知だけで、思想もなにもチンプンカンプン。開《あ》いた口がふさがらぬとはこのことである。ただ、ひとの物腰だけで、ひとを判断しようとしている。下品とはそのことである。君の文学には、どだい、何の伝統もない。チェホフ？　冗談はやめてくれ。何にも読んでやしないじゃないか。本を読まないということは、そのひとが孤独でないという証拠である。隠者の装《よそお》いをしていながら、周囲がつねに賑《にぎ》やかでなかったならば、さいわいである。その文学は、伝統を打ち破ったとも思われず、つまり、子供の読物を、いい年をして大えばりで書いて、調子に乗って来たひとのようにさえ思われる。しかし、アンデルセンの「あひるの子」ほどの「天才の作品」も、一つもないようだ。そうして、ただ、えばるのである。腕力の強いガキ大将、お山の大将、乃木《のぎ》大将。

　貴族がどうのこうのと言っていたが、（貴族というと、いやにみなイキリ立つのが不可解）或る新聞の座談会で、宮さまが、「斜陽を愛読している、身につまされるから」とおっしゃっていた。それで、いいじゃないか。おまえたち成金の奴《やっこ》の知るところでない。ヤキモチ。いいとしをして、恥かしいね。太宰などお殺せなさいますの？売り言葉に買い言葉、いくらでも書くつもり。

解説

奥野健男

太宰治の随想集には、生前に『信天翁《あほうどり》』（昭和十七年十一月、昭南書房刊）と『太宰治随想集』（昭和二十三年三月、若草書房刊）の二冊があり、死の直後に『如是我聞』（昭和二十三年十一月、新潮社刊）がある。（但《ただ》し『太宰治随想集』は『信天翁』の内容を全篇再録した上に、その後の随想を加えたものである。）その後、昭和二十七年七月、創芸社より『近代文庫版太宰治全集』の第十六巻として随想集が刊行され『川端康成へ』『もの思う葦《あし》』（その二）『走ラヌ名馬』などの重要な随想がはじめて収録され、ついで筑摩書房版『太宰治全集』の第十巻随想集に自序、あとがきなど断簡零墨まで、ことごとく収録されている。

しかしなぜか全集以外に、その後太宰治の随想が、単行本、文庫本として独立して刊行される機会がなかった。随想文の中にこそ、太宰文学を理解するに重要なキイワードになるなまの心情が吐露されて居り、また思わず自分の文章に引用したくなり、また座右銘としてつぶやきたくなるアフォリズムの名文章の宝庫であるのに、多くの読者が容易に手に入れられるかたちになっていなかった。その意味でこの新潮文庫の『もの思う葦』と題された随想集は、待望されて来た企画であり、太宰治の新しい一面を広い読者に示し、今までより深い意味の太宰文学ファンを産み出すに違いない。

本書は数多い太宰治の随想の中から、太宰文学の本質を鮮やかに表現している文章、文学史的に欠かすことのできない文章、そして今日の読者になお新しく切実で衝撃的な文章を、小生（奥野健男）の責任で編集したものである。Ⅰは太宰治の前期、自ら積極的に同人雑誌「日本浪曼派《ろうまん》」に連載した名アフォリズム集『もの思う葦』『碧眼《へきがん》托鉢《たくはつ》』の全文を収録した。ⅡはⅠに続く文学や人生や思想についての、Ⅰの発展と思われる重要な文章のみをアフォリズムを中心に撰《えら》んだ。Ⅲはいわゆる随筆であるが、後に述べるが太宰治は小説家である矜持《きょうじ》に賭《か》けて随筆を書くことをいさぎよしとしなかった。そのためいやいや書いた身辺雑記的な随筆は大幅に削り、自作、郷里、友人について書いた重要なもののみ収録した。『天狗』『春』などは本来小説、創作として扱うべき作品だと思う。Ⅳは文学者に対する批評を、攻撃的文章から本格的作家論まで収録した。Ⅴは最晩年、志賀直哉はじめ既成文学者に対し、死を賭《と》して、歯に衣《きぬ》を着せぬ、捨身の批判をした記念碑的な文章『如是我聞』を全文収録した。以上のような基準でこの随想集『もの思う葦』は構成されている。

太宰治は、きわめて批判精神の強い、批評家的ないし思想詩人的な作家であった。それは彼の処女創作集『晩年』、三部曲『虚構の彷徨《ほうこう》』そして『二十世紀旗手』『創生記』『HUMAN LOST』などの前期の作品を読めば、小説の中に作者だけではなく、批評家が自由に登場したり、作品の中で自作を批判したり、全篇批評的発想から出発した作品など、批評が先行した創作が多いことでもわかる。いや批評と自意識の地獄の中で、いかにものをつくるか、小説を成立させるかのたたかいの記録とも言える。ただ他への批判より、自分への批判が強く、自虐《じぎやく》、自己否定の上の含羞《がんしゆう》と居直りの自己主張が、彼独特の読者に語りかける話体の小説をつくったのだ。『晩年』の冒頭の『葉』などは、全篇アフォリズム形式の批評と言ってよい。

ここからIの『もの思う葦』『碧眼托鉢』について述べると、これらのエッセイははっきり『葉』の延長線上にあると言える。「日本浪曼派」同人として、昭和十年、小説よりアフォリズムをこそ、今は発表したい。それが第一回芥川賞を落選したときの、太宰治のデスペレートな心情ではなかったか。ここで太宰治は小説を書くと同じく、あるいはそれ以上の彫琢錬磨《ちようたくれんま》した文章を書いている。同じ時期「日本浪曼派」以外に書いた『もの思う葦』(その二)も、昭和十一年パビナール中毒に犯された時期に「日本浪曼派」に連載した『碧眼托鉢』も同じ発想と思われる。

この時、太宰治の心の中には敬愛して来た芥川龍之介の死を前にした『或阿呆の一生』『西方の人』『続西方の人』などの卓抜なアフォリズムが強くあったのではないか。短い言葉で、人生、文学、社会の本質をパラドキシカルに刺し、自らの反逆性とニヒリズムを明らかにし、後生に自分の思いを遺す。「人生は一行のボオドレエルにも若《し》かない」などと言う、芥川の強烈なアフォリズムに太宰治は挑戦したのだ。

「虚栄の市」「敗北の歌」「立派ということに就いて」など、何時《いつ》、何度読んでも、衝撃を受ける文章にあふれている。〈人は人に影響を与えることもできず、また、人から影響を受けることもできない〉（或る実験報告）〈文章の中の、ここの箇所は切り捨てたらよいものか、それとも、このままのほうがよいものか、途方にくれた場合には、必ずその箇所を切り捨てなければいけない。いわんや、その箇所に何か書き加えるなど、もってのほかというべきであろう〉（兵法）〈苦しみ多ければ、それだけ、報いられること少し〉（定理）〈ひとこと口走ったが最後、この世の中から、完全に、葬《ほうむ》り去られる。そんな胸の奥の奥にしまっている秘密を、君は、三つか四つ——筈《はず》である〉（わが友）〈「私は真実のみを、血まなこで、追いかけました。私は、いま真実に追いつきました。私は追い越しました。そうして、私はまだ走っています。真実は、いま、私の背後で走っているようです。笑い話にもなりません」〉(或るひとりの男の精進について)〈いやになってしまった活動写真を、おしまいまで、見ている勇気〉(生きて行く力)等々、思いつくままに引用した文章、いずれも寸鉄ひとを打つ、生涯《しょうがい》忘れることのできないアフォリズムである。太宰治は芥川龍之介とならぶアフォリズムの天才であったと言えよう。

それはIIの〈飛バナイ飛行機、走ラヌ名馬〉から『小志』や〈じぶんで、したことは、そのように、はっきり言わなければ、かくめいも何も、おこなわれません。じぶんで、そうしても、他のおこないをしたく思って、にんげんは、こうしなければならぬ、などとおっしゃっているうちは、にんげんの底からの革命が、いつまでも、できないのです〉(かくめい)〈新しい徒党の形式、それは仲間同志、公然と裏切るところからはじまるかも知れない。友情。信頼。私は、それを「徒党」の中に見たことが無い〉(徒党について)にいたる、今日の政治の本質を、先駆的に衝いている戦後の見事なアフォリズムにいたる。太宰治は人間や政治や思想の本質を深く洞察し、未来に向って予兆している予言者的批評能力の持主であったとぼくには思える。

しかし太宰治は『もの思う葦』『碧眼托鉢』のような短いアフォリズム形式以外、批評の文章を書くことはなかった。それは彼の親友であり、終生のライバルであった保田與重郎、山岸外史、亀井勝一郎ら評論家と、小説家である自分との一線を画したためであろう。河上徹太郎、中島健蔵、河盛好蔵、淀野隆三などという外国文学系の評論家の友人もあり、おそらく小林秀雄の文学的評論を強く意識していたに違いない。それ故に批評家的才能がありながら、安易にみだりに批評的文章を書くことを自らに禁じていたのではないか。書くときはフランスの批評的詩人や芥川龍之介に負けない厳しい、そしてしゃれた寸鉄人を刺す、考え抜き、霊感のごとく天から得た言葉でしか、批評文を書くことはなかった。アフォリズムを中心とする太宰治の批評は、太宰治語録と言ってよいほど撰び抜かれ、いずれも衝撃的な名文であるのだ。Ⅰ、Ⅱの文章は、芥川賞落選、麻薬中毒、精神病院入院、ニヒリズムからの転換、社会人への仮装、戦争期への秘かな批判、敗戦のショック、戦後への幻想と幻滅を、直截《ちよくせつ》に語っている。まことに貴重な、力を抜いてない迫真の文章の連続であり、集積である。

Ⅲに関すれば、太宰治は今日の小説家と違って小説以外のだらだらした感想文を書くことを極度に嫌った。それはほかの私小説作家ともあきらかに違い、小説は首尾一貫した自らつくったものという自負と責任を抱いていた。小説にもならないただの日常身辺や故郷や友人に関する文章などは小説家の誇りにかけて書きたくなかったのだろう。しかし義理に、あるいは小説にならない心の弱りから書いた随想もいくらかある。それは太宰治自身、書きながら嫌っていた文章と思える故に大幅に削った。そういうところが、小説よりエッセイとかルポルタージュとか旅行記とか、日常身辺雑記とか評論めいた文明論を好んで書く、今日の小説家と大きく違う。小説家である以上、小説を書くべきだと信じ行い、それが間に合わぬ時、羞《はず》かしい気持で、約束の穴埋めに随想を書いている。その言い訳けがましい随想もまた面白いのだが……。ここでは採らなかった。Ⅲにおいて、『天狗』は芭蕉らの連句集『猿簑』によった、たとえば『女の決闘』『新ハムレット』『新釈諸国噺』『お伽草紙』などと同じ、見事な小説ではないかと考える。そう言えば太宰治の中期の『走れメロス』『駈込み訴え』『女の決闘』『新ハムレット』『右大臣実朝』『新釈諸国噺』『お伽草紙』などは、いずれも、古典やフォークロアをもとにして、それを批評的に解釈しながら独自の創作をからませた批評家的才能の上の創造性という太宰治の本質をあらわした作品群である。太宰治の本質は批評的才能にあるというぼくの評言も、あながち暴論ではないと考える。批評の上の創作の才能こそが、太宰治の文学の本質であるとぼくは考えるのだ。

また『春』『海』などはすぐれた掌篇小説と言ってよい。

Ⅳの『川端康成へ』は、芥川賞の選考評の〈作者は目下の生活に厭《いや》な雲ありて、才能の素直に発せざる憾《うら》みあった〉という文章への怒りにみちた反論であり、『如是我聞』に通じる。織田作之助、豊島與志雄論もおもしろいが、太宰治が本格的な作家論作者であることを証明しているのは「井伏鱒二論」である。選集の後記でエピソードをまじえながら、師である井伏鱒二の文学の本質を自分の文学と比較して、根本的に批判している。釣の名人ではなく、旅行の名人、つまり文学の名人より、人生の名人と言うあたり、まことに的確である。

Ｖの『如是我聞』は、『人間失格』を書いているあいまに、おそらくは文学青年時代、尊敬した志賀直哉ら既成文学者の、戦争期そして敗戦によっても、毫《ごう》も変らない思い上り的な自信と、他への思いやりなさと、それらにへつらう若いとりまきの人々、外国文学一辺倒の主体性なき日本の文学者の権威主義と奴隷根性について、今まで胸に秘めて来た批判を、死を賭して爆発させた、まことに歯切れよい胸のすく、喧嘩的文章である。そして各所に文学の本質への批判がちりばめられている。この文章をヒステリックだと読む人もいるだろうが、ぼくはやや感情的だが日本の既成文学に対するもっとも本質的な批判を行った歴史的な記念碑として、最重要に評価したい。

この『もの思う葦』は最後の『如是我聞』の胸の透くようなポレミィークの文章を含めて、純粋の文学者であるだけに胸の底、心の奥にたまる怒りと、他人の文学に対する正確な認識を、小説に劣らぬ文章によって表現した、傑出した批評文集とぼくは考える。読了した読者も、おそらく、太宰治の小説にもりきれなかった思いを、ここに見事な文章により発見し、一層の太宰治ファンになられたのではないだろうか。太宰治の小説を読んだ読者に、是非読んで欲しいエッセイ集である。

（昭和五十五年八月、文芸評論家）

もの思《おも》う葦《あし》

新潮文庫　た-2-14

昭和五十五年九月二十五日　発行
平成十四年五月三十日　四十二刷改版
令和五年四月二十五日　五十六刷

著者　太《だ》宰《ざい》治《おさむ》

発行者　佐藤隆信

発行所　株式会社 新潮社

郵便番号　一六二―八七一一
東京都新宿区矢来町七一
電話　編集部(〇三)三二六六―五四四〇
読者係(〇三)三二六六―五一一一
https://www.shinchosha.co.jp

価格はカバーに表示してあります。

乱丁・落丁本は、ご面倒ですが小社読者係宛ご送付ください。送料小社負担にてお取替えいたします。

印刷・大日本印刷株式会社　製本・加藤製本株式会社
Printed in Japan

ISBN978-4-10-100614-7　C0195